L'Armoire magique

www.narnia.com

Titre original : *The Lion, the Witch and the Wardrobe*

© C. S. Lewis Pte Ltd., 1950
Édition originale de l'album de luxe en couleurs *The Lion, the Witch and the Wardrobe*
publiée en Grande-Bretagne par Collins en 2003
© C. S. Lewis Pte Ltd., 1998, pour l'illustration de couverture par Pauline Baynes
© C. S. Lewis Pte Ltd., 1998, pour les illustrations intérieures par Pauline Baynes
© Gallimard Jeunesse, 2001, pour la traduction française

Narnia and **The Chronicles of Narnia** are trademarks
of C. S. Lewis Pte Ltd.
Published by Editions Gallimard Jeunesse under license
from the C. S. Lewis Company Ltd.

C. S. Lewis
L'Armoire magique

Illustrations de Pauline Baynes

traduit de l'anglais
par Anne-Marie Dalmais

GALLIMARD JEUNESSE

à Lucy Barfield

MA CHÈRE LUCY,

J'ai écrit cette histoire pour toi ; mais, en la commençant, je ne m'étais pas rendu compte que les petites filles grandissent plus vite que les livres. Finalement, tu es déjà trop âgée pour t'intéresser aux contes de fées et quand celui-ci se trouvera imprimé et relié, tu seras plus vieille encore ! Mais un jour viendra où tu seras suffisamment âgée pour recommencer à lire des contes. Alors tu descendras ce livre du haut de la bibliothèque, tu l'épousetteras et me diras ce que tu en penses. Je serai probablement trop sourd pour t'entendre et trop vieux pour comprendre un mot de ce que tu me diras, mais je demeurerai ton parrain affectionné,

C. S. LEWIS

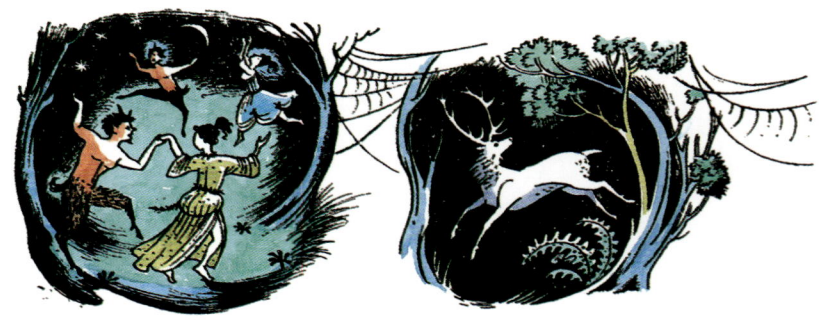

L'Armoire magique

◆ TABLE ◆

1.	Lucy regarde dans une armoire	7
2.	Ce que Lucy y trouva	11
3.	Edmund et l'armoire	18
4.	Les loukoums	23
5.	Retour de ce côté de la porte	29
6.	Dans la forêt	35
7.	Une journée avec les castors	40
8.	Ce qui arriva après le déjeuner	47
9.	Dans la maison de la Sorcière	53
10.	L'enchantement commence à se rompre	60
11.	Aslan se rapproche	66
12.	Le premier combat de Peter	73
13.	La puissante magie venue de la nuit des temps	79
14.	Le triomphe de la Sorcière	85
15.	La plus puissante magie venue d'avant la nuit des temps	91
16.	Ce qui arriva aux statues	97
17.	La chasse au cerf blanc	104

Chapitre 1

Lucy regarde dans une armoire

Il était une fois quatre enfants qui s'appelaient Peter, Susan, Edmund et Lucy. Cette histoire raconte une aventure qui leur arriva lorsqu'ils furent éloignés de Londres, pendant la guerre, à cause des raids aériens. On les envoya chez un vieux professeur qui vivait en pleine campagne, à seize kilomètres de la gare la plus proche et à trois kilomètres du bureau de poste. Ce professeur n'était pas marié et vivait dans une très vaste maison avec une gouvernante, Mme Macready, et trois servantes. (Elles se nommaient Ivy, Margaret et Betty, mais elles ne jouent pas un grand rôle dans l'histoire.) C'était un homme très âgé, avec des cheveux blancs en broussaille, qui poussaient sur une grande partie de son visage aussi bien que sur sa tête. Les enfants l'aimèrent presque immédiatement; mais le premier soir, quand il sortit pour les accueillir à la porte d'entrée, il avait l'air si bizarre que Lucy (qui était la plus jeune) fut un peu effrayée, et qu'Edmund (qui était le plus jeune après Lucy) eut grande envie de rire et dut, à plusieurs reprises, faire semblant de se moucher pour ne pas le montrer.

Dès qu'ils eurent souhaité bonne nuit au professeur et qu'ils furent montés à l'étage pour leur première nuit, les garçons vinrent dans la chambre des filles et tous se mirent à parler de leur hôte :

– Nous sommes vraiment bien tombés! s'exclama Peter. Cela va être merveilleux ! Ce vieux bonhomme nous laissera faire tout ce que nous voulons !

– Je trouve qu'il est vraiment adorable ! ajouta Susan.

– Oh ! Arrêtez ! dit Edmund, qui était fatigué, mais s'efforçait de ne pas le montrer, ce qui le mettait toujours de mauvaise humeur. Arrêtez de parler comme ça !

– Comme quoi ? demanda Susan. Et, de toute façon, tu devrais déjà être au lit !

– Tu essaies de parler comme maman, reprit Edmund. Et puis, pour qui te prends-tu en déclarant que je dois aller au lit ? Va au lit toi-même !

– Ne ferions-nous pas mieux d'aller tous nous coucher ? suggéra Lucy. Nous serons sûrement punis si l'on nous entend parler ici...

– Mais non ! rétorqua Peter. Je vous affirme que c'est le genre de maison où personne ne se souciera de ce que nous ferons. D'ailleurs, ils ne nous entendront pas : d'ici à la salle à manger, il y a au moins dix minutes de marche, plus toute une série de couloirs et d'escaliers dans l'intervalle !

– Quel est ce bruit ? demanda soudain Lucy.

Cette maison était vraiment beaucoup plus vaste que toutes celles dans lesquelles elle était allée auparavant, et la pensée de tous ces longs corridors et de toutes ces portes ouvrant sur des pièces vides commençait à lui donner la chair de poule.

– C'est juste un oiseau, petite sotte ! dit Edmund.

– C'est un hibou, précisa Peter. Cela va être un endroit merveilleux pour voir des oiseaux. Je vais aller me coucher maintenant. Au fait, si nous partions en exploration demain ? On doit trouver tout ce que l'on veut dans un endroit comme celui-ci. Avez-vous vu ces montagnes, lorsque nous sommes arrivés ? Et les bois ? Il doit y avoir des aigles. Et des cerfs. Il y aura des faucons !

– Des blaireaux ! renchérit Lucy.

– Des renards ! ajouta Edmund.

– Des lapins ! affirma Susan.

Mais le lendemain matin, il tombait une pluie obstinée, persistante et si drue qu'en regardant par la fenêtre on ne pouvait distinguer ni les montagnes, ni les bois, ni même la rivière, dans le jardin.

– Bien sûr, il fallait qu'il pleuve ! ronchonna Edmund.

Les enfants venaient juste de terminer leur petit déjeuner, qu'ils avaient pris en compagnie du professeur, et se trouvaient en haut, dans la pièce qu'il leur avait réservée – une longue salle basse, éclairée par quatre fenêtres, deux regardant dans une direction, et deux dans une autre.

– Cesse de grogner, Edmund, dit Susan. Je te parie que le temps va s'éclaircir d'ici une heure environ. En attendant, nous ne sommes pas à plaindre. Il y a une radio et des tas de livres !

– Très peu pour moi ! s'exclama Peter. Je préfère partir en exploration dans la maison !

Chacun approuva son projet et c'est ainsi que les aventures commencèrent. C'était l'une de ces maisons dont il semble que jamais l'on ne parviendra à découvrir tous les recoins. Elle recelait toutes sortes d'endroits inattendus. Les quelques premières portes qu'ils ouvrirent ne conduisaient qu'à des chambres d'amis, comme l'on pouvait s'y attendre ; mais bientôt ils arrivèrent dans une très longue salle ornée de tableaux, et là, ils découvrirent une armure complète ; ensuite, il y avait une pièce entièrement tapissée d'étoffe verte, avec une harpe dans un coin ; puis il y avait trois marches qui descendaient, suivies de cinq autres, qui montaient ; et ensuite, une sorte de petit vestibule, situé à l'étage, avec une porte qui ouvrait sur un balcon ; et ensuite, une enfilade de pièces, garnies de livres – la plupart très anciens, et certains plus volumineux qu'une bible dans une église. Et tout de suite après, les enfants inspectèrent une pièce, qui était complètement vide, à l'exception d'une grande armoire, ce genre d'armoire dont les portes sont revêtues de miroirs. Il n'y avait absolument rien d'autre dans la pièce, si ce n'est une mouche verte, morte sur le rebord de la fenêtre.

– Il n'y a rien ici ! observa Peter, et ils ressortirent tous en bande, tous à l'exception de Lucy.

Elle resta en arrière, parce qu'elle pensait que cela valait la peine d'essayer d'ouvrir la porte de l'armoire, bien qu'elle fût presque certaine que celle-ci serait fermée à clef. Mais, à sa grande surprise, la porte s'ouvrit très facilement et deux boules de naphtaline roulèrent à ses pieds.

En regardant à l'intérieur, elle vit plusieurs manteaux suspendus, pour la plupart de longs manteaux de fourrure. Or il n'y avait rien que Lucy aimât autant que l'odeur et le contact de la fourrure. Elle entra sans hésiter dans l'armoire, s'enfonça parmi les manteaux et frotta son visage contre eux, tout en laissant la porte ouverte, bien entendu, parce qu'elle savait qu'il était très sot de s'enfermer dans une armoire, quelle qu'elle soit. Elle s'enfonça davantage et découvrit qu'il y avait une deuxième rangée de manteaux, pendus derrière la première. Il faisait presque noir, là-dedans, et elle gardait ses bras tendus devant elle afin de ne pas se cogner la figure contre le fond de l'armoire. Elle fit encore un pas – puis deux ou trois – s'attendant toujours à sentir le panneau de bois contre ses doigts. Mais elle ne le rencontrait pas.

« Ce doit vraiment être une armoire gigantesque ! » pensa Lucy, qui continua d'avancer, en écartant les plis moelleux des manteaux pour passer. Elle remarqua alors que quelque chose craquait sous ses pieds. « Je me demande si ce sont encore des boules de naphtaline ? » se dit-elle, et elle se baissa pour les toucher avec ses mains. Mais au lieu de sentir le bois dur et lisse du plancher de l'armoire, elle sentit quelque chose de mou, de poudreux et d'extrêmement froid. « C'est très bizarre ! » observa-t-elle, et elle fit encore un pas ou deux en avant.

Un instant plus tard, elle nota que ce qui effleurait son visage et ses mains n'était plus de la douce fourrure, mais quelque chose de dur, de rugueux et même de piquant.

– Tiens ! On dirait des branches d'arbre ! s'exclama Lucy.

Puis elle vit qu'il y avait une lumière devant elle ; non pas à quelques centimètres, là où le fond de l'armoire aurait dû se trouver, mais très loin. Quelque chose de froid et de doux tombait sur elle. Elle découvrit alors qu'elle se trouvait au milieu d'un bois, la nuit, avec de la neige sous ses pieds et des flocons qui descendaient du ciel.

Lucy se sentit un peu effrayée, mais en même temps sa curiosité était piquée au vif. Elle jeta un regard en arrière, par-dessus son épaule, et là, entre les sombres troncs d'arbres, elle put encore discerner la porte ouverte de l'armoire, et même entrevoir la pièce vide d'où elle s'était mise en route. (Elle avait naturellement laissé la porte ouverte, car elle savait que c'était stupide de s'enfermer dans une armoire.)

Apparemment, il faisait encore jour là-bas. « Je peux toujours retourner en arrière si quelque chose ne va pas », pensa Lucy. Et elle se mit à marcher – *cric crac ! cric crac !* – sur la neige, à travers le bois, en direction de l'autre lumière.

Elle l'atteignit au bout de dix minutes environ et découvrit qu'il s'agissait d'un réverbère. Tandis qu'elle l'examinait, en se demandant pourquoi il y avait un réverbère au milieu d'un bois et en réfléchissant à ce qu'elle allait faire ensuite, elle entendit un crissement de pas venant vers elle. Et, peu après, un personnage très étrange sortit d'entre les arbres et apparut dans la lumière du réverbère.

Il était juste un peu plus grand que Lucy et tenait au-dessus de sa tête un parapluie couvert de neige. Jusqu'à la taille, il ressemblait à un homme, mais ses jambes étaient formées comme celles d'une chèvre (avec un pelage noir et lustré), et, à la place de pieds, il avait des sabots. Il avait aussi une queue, mais Lucy ne la remarqua pas tout de suite, parce qu'elle était soigneusement relevée sur le bras qui tenait le parapluie, afin qu'elle ne traîne pas dans la neige. Il portait une écharpe en laine rouge enroulée autour de son cou, et sa peau était plutôt rougeaude également. Il avait une petite figure bizarre mais avenante, avec une courte barbe taillée en pointe et des cheveux bouclés ; de cette chevelure sortaient deux cornes, qui se dressaient de chaque côté de son front. L'une de ses mains, comme je l'ai dit, tenait le parapluie ; sur l'autre bras, il portait plusieurs paquets enveloppés dans du papier brun. À cause de ces paquets et de la neige, on aurait vraiment cru qu'il venait de faire ses courses de Noël. C'était un faune. Lorsqu'il vit Lucy, il eut un tel sursaut de surprise qu'il laissa tomber tous ses paquets.

– Miséricorde ! s'exclama le faune.

Chapitre 2

Ce que Lucy y trouva

— Bonsoir, dit Lucy.

Mais le faune était tellement occupé à ramasser ses paquets qu'il ne répondit pas tout de suite. Quand il eut fini, il lui adressa un petit salut.

— Bonsoir, bonsoir, dit le faune. Excusez-moi, je ne veux pas être indiscret, mais aurais-je raison de penser que vous êtes une fille d'Ève ?

— Je m'appelle Lucy, lui dit-elle, en ne comprenant pas très bien ses paroles.

— Mais vous êtes, pardonnez-moi d'insister, vous êtes ce qu'on appelle une fille ?

— Bien sûr, je suis une fille ! répondit Lucy.

— Vous êtes, à dire vrai, un Être humain ?

— Bien sûr, je suis un être humain ! dit Lucy, encore un peu interloquée.

— Certes, certes ! poursuivit le faune. Comme je suis stupide ! Mais je n'ai jamais vu un fils d'Adam ou une fille d'Ève auparavant. Je suis charmé. C'est-à-dire…

Et là, il se tut brusquement, comme s'il avait été sur le point de laisser échapper, malgré lui, une parole qu'il ne voulait pas prononcer, et que, heureusement, il s'en était souvenu juste à temps !

— Charmé ! Charmé ! reprit-il. Permettez-moi de me présenter : je m'appelle Tumnus.

— Je suis enchantée de faire votre connaissance, monsieur Tumnus, s'exclama Lucy.

— Puis-je vous demander, ô Lucy, fille d'Ève, dit M. Tumnus, comment vous êtes entrée à Narnia ?

— Narnia ? Qu'est-ce que c'est ? s'étonna Lucy.

— C'est l'endroit où nous nous trouvons en ce moment ! expliqua le faune. Le domaine de Narnia comprend toutes les terres qui s'étendent entre le réverbère et le grand château de Cair Paravel, situé sur la mer Orientale. Et vous, est-ce par les farouches forêts de l'Ouest que vous êtes venue ?

— Moi ? Je suis entrée par l'armoire de la chambre d'ami, répondit Lucy.

— Ah ! regretta M. Tumnus, avec une voix un peu mélancolique, si seulement j'avais mieux étudié la géographie lorsque j'étais un petit faune, je saurais tout sur ces pays étrangers. C'est trop tard, maintenant…

— Mais il ne s'agit pas de pays ! répliqua Lucy, en éclatant presque de rire. C'est juste derrière… tout du moins… je le pense… C'est l'été, là-bas.

— Pendant ce temps, soupira M. Tumnus, c'est l'hiver à Narnia, et cela, depuis très longtemps… et nous allons tous les deux nous enrhumer si nous restons plantés là, à parler dans la neige. Fille d'Ève du lointain pays de Chambre Dami, là où règne sur la brillante cité d'Ar-Moire un éternel été, accepteriez-vous de venir prendre le thé avec moi ?

— Merci beaucoup, monsieur Tumnus, dit Lucy, mais je me demande si je ne devrais pas rentrer.

— J'habite tout à côté, précisa le faune. Il y aura un bon feu crépitant… et des tartines grillées… et des sardines… et des gâteaux.

— Vous êtes vraiment très aimable, dit Lucy, mais je ne pourrai pas rester longtemps.

— Si vous voulez prendre mon bras, fille d'Ève, suggéra M. Tumnus, je pourrai tenir ce parapluie au-dessus de nous deux. C'est par ici. En route !

Et c'est ainsi que Lucy se retrouva cheminant entre les arbres, bras dessus bras dessous avec cette étrange créature, exactement comme s'ils s'étaient connus depuis toujours.

Ils n'avaient pas marché bien longtemps lorsqu'ils atteignirent une partie du bois au terrain plus capricieux : des rochers se dressaient tout autour d'eux, ainsi que des petites collines moutonnantes. Au fond d'un vallon, M. Tumnus bifurqua soudain, comme s'il voulait entrer droit dans un rocher beaucoup plus grand que les autres ; à la dernière minute seulement, Lucy se rendit compte que le faune la guidait vers l'entrée d'une caverne. À peine à l'intérieur, elle se retrouva clignant des yeux à la lumière d'un feu de bois. M. Tumnus se pencha alors et retira de l'âtre, à l'aide d'une jolie petite paire de pinces, un morceau de bois enflammé, avec lequel il alluma une lampe.

— Maintenant, cela ne prendra pas longtemps ! annonça-t-il, et il mit immédiatement de l'eau à chauffer.

Lucy se dit qu'elle n'avait jamais vu une pièce aussi agréable. C'était une petite caverne, bien sèche et bien propre, en pierres rougeâtres, avec un tapis sur le sol et deux petites chaises (« l'une pour moi, l'autre pour un ami »,

indiqua M. Tumnus) et une table, et un buffet, et une cheminée, et, suspendu au-dessus de la cheminée, le portrait d'un vieux faune avec une barbe grise. Dans un coin, il y avait une porte qui, d'après Lucy, devait conduire à la chambre de M. Tumnus ; contre l'un des murs s'appuyait une étagère chargée de livres. Lucy les examina, pendant que le faune disposait le couvert pour le thé. Ils avaient des titres tels que : *La Vie et les lettres de Silène*, ou bien *Les Nymphes et leurs manières*, ou encore *Hommes, moines et gardes-chasses : une étude des légendes populaires*, ou enfin *L'homme est-il un mythe ?*

– C'est prêt ! fille d'Ève ! s'exclama le faune.

Quelle merveille, ce goûter ! Il y avait, pour chacun d'eux, un délicieux œuf brun, parfaitement cuit à la coque, puis des sardines sur du pain grillé, puis des tartines beurrées, puis des toasts avec du miel, puis un gâteau nappé de sucre glacé. Et quand Lucy eut assez mangé, le faune se mit à parler. Il connaissait des histoires merveilleuses sur la vie dans la forêt. Il raconta les danses de minuit, lorsque les nymphes, qui habitent les sources, et les dryades, qui vivent dans les arbres, sortent de leurs cachettes pour danser avec les faunes ; il raconta les longues chasses à courre, à la poursuite d'un cerf blanc comme le lait, qui peut exaucer vos souhaits, si vous l'attrapez ; il raconta les festins et les chasses au trésor en compagnie des farouches nains rouges, au cœur des mines et des cavernes profondément enfouies dans le sous-sol de la forêt ; il raconta l'été, lorsque les bois reverdissent et que le vieux Silène, sur son âne ventru, vient leur rendre visite ; et parfois, c'est Bacchus lui-même qui se dérange, et alors les eaux des rivières se transforment en vin, et la forêt tout entière s'abandonne aux réjouissances pendant des semaines.

– Évidemment, maintenant, c'est toujours l'hiver ! ajouta-t-il tristement.

Alors, pour se ragaillardir, il sortit de son étui, posé sur le buffet, une étrange petite flûte, qui avait l'air d'être faite en paille, et il se mit à en jouer. Et la mélodie qu'il improvisa donna à Lucy envie de pleurer et de rire et de danser et de dormir, tout cela en même temps. Il s'était sûrement écoulé plusieurs heures lorsque, soudain, elle sortit de sa torpeur, et déclara :

– Oh ! monsieur Tumnus, je suis désolée de vous interrompre, et j'adore cette mélodie, mais, vraiment, je dois rentrer à la maison. J'avais l'intention de ne rester que quelques minutes.

– Ce n'est pas bien, *maintenant*, vous savez, dit le faune, qui posa sa flûte et regarda Lucy en secouant sa tête très tristement.

– Pas bien ? cria Lucy, qui sauta sur ses pieds et se sentit plutôt effrayée. Que voulez-vous dire ? Je dois rentrer immédiatement à la maison. Les autres vont se demander ce qui m'est arrivé.

Mais, l'instant suivant, elle s'exclama :

– Monsieur Tumnus, qu'avez-vous ? car les yeux bruns du faune s'étaient remplis de larmes, et ces larmes commencèrent à couler le long de ses joues, et bientôt, elles glissèrent, goutte à goutte, du bout de son nez, et finalement, le faune se couvrit le visage avec ses mains et se mit à pousser des hurlements.

– Monsieur Tumnus ! Monsieur Tumnus ! s'écria Lucy, complètement bouleversée. Ne pleurez pas ! Je vous en prie ! Qu'est-ce qu'il y a ? Vous ne vous sentez pas bien ? Cher monsieur Tumnus, dites-moi ce qui ne va pas !

Mais le faune continuait à sangloter comme si son cœur allait se briser. Et même lorsque Lucy s'approcha de lui, l'entoura de ses bras et lui prêta son mouchoir, il ne s'arrêta pas de pleurer. Il prit simplement le mouchoir, et s'en servit copieusement, l'essorant avec ses deux mains chaque fois qu'il était trop humide pour être utilisé, si bien que Lucy se trouva bientôt au milieu d'une flaque.

Elle secoua le faune et hurla à son oreille :

– Monsieur Tumnus ! Je vous en prie ! Arrêtez-vous ! Arrêtez-vous tout de suite ! Vous devriez avoir honte ! Un grand faune comme vous ! Pourquoi diable pleurez-vous ainsi ?

– Oh… oh… oh…, sanglota M. Tumnus. Je pleure parce que je suis un faune tellement méchant…

– Je ne trouve pas du tout que vous soyez un méchant faune, rétorqua Lucy. Je trouve que vous êtes un très gentil faune. Vous êtes le faune le plus gentil que j'aie jamais rencontré.

– Oh… oh… Vous ne diriez pas cela si vous saviez…, répliqua M. Tumnus entre deux sanglots. Non, je suis un méchant faune. Je ne pense pas qu'il y ait eu un faune pire que moi depuis le commencement du monde.

– Mais, qu'avez-vous fait ? demanda Lucy.

– Tenez, mon vieux père… poursuivit-il, vous voyez, c'est son portrait, au-dessus de la cheminée. Eh bien, il n'aurait jamais fait une chose comme ça…

– Une chose comme quoi ? dit Lucy.

– Comme celle que j'ai faite, dit le faune. Entrer au service de la Sorcière blanche. Voilà ce que je suis : à la solde de la Sorcière blanche !

– La Sorcière blanche ? Qui est-ce ?

– Eh bien, c'est elle qui tient tout Narnia sous sa domination. C'est elle qui fait que c'est toujours l'hiver. Toujours l'hiver, et jamais Noël… Vous imaginez !

– Comme c'est affreux ! compatit Lucy. Mais pour quel travail vous paie-t-elle ?

– C'est justement ça le plus horrible de tout, dit M. Tumnus avec un grognement douloureux et désespéré. Je suis, pour elle, voleur d'enfants ! Oui, voilà ce que je suis ! Regardez-moi, fille d'Ève. Me croiriez-vous capable, si je rencontrais dans le bois un pauvre enfant innocent, un enfant qui ne m'aurait jamais fait le moindre mal, me croiriez-vous donc capable de faire semblant d'être ami avec lui, de l'inviter chez moi, dans ma caverne, dans le seul but de le bercer et de l'endormir, pour le livrer ensuite à la Sorcière blanche ?

– Non ! déclara Lucy. Je suis certaine que vous ne feriez jamais une pareille chose !

– Mais je l'ai faite, avoua le faune.

– Soit, admit Lucy, en parlant assez lentement (car elle voulait, dans sa réponse, être sincère sans, pour autant, être trop sévère pour le faune). Soit. C'est très mal. Mais vous le regrettez tellement que je suis certaine que vous ne recommencerez jamais.

– Fille d'Ève ! Vous ne comprenez donc pas ! s'impatienta le faune. Il ne s'agit pas d'une chose que *j'ai faite* dans le passé, mais que je suis en train de faire, juste en ce moment !

– Que voulez-vous dire ? cria Lucy, en devenant toute blanche.

– Vous êtes l'enfant, expliqua M. Tumnus. J'ai reçu des ordres de la Sorcière blanche : si jamais je vois un fils d'Adam ou une fille d'Ève dans le bois, je dois l'attraper et le lui livrer. Et vous êtes le premier enfant que je rencontre de ma vie. J'ai fait semblant d'être votre ami, et je vous ai invitée à prendre le thé et, pendant ce temps, j'ai eu l'intention d'attendre que vous soyez endormie pour aller le *lui* dire.

– Oh ! Mais vous ne le ferez pas, monsieur Tumnus ! dit Lucy. Vous ne le ferez pas, n'est-ce pas ? Vraiment, je vous assure, vous ne devez pas le faire !

– Si je ne le fais pas, dit-il en recommençant à pleurer, elle le découvrira certainement. Et elle me fera couper la queue, scier les cornes, arracher la barbe, et puis elle agitera sa baguette autour de mes beaux sabots fourchus et les changera en d'horribles sabots massifs, comme ceux d'un misérable cheval. Et si elle est vraiment très, très en colère, elle me transformera en pierre, et je ne serai plus qu'une statue de faune dans son horrible demeure, jusqu'à ce que les quatre trônes de Cair Paravel soient occupés – et Dieu seul sait quand cela arrivera, et peut-être même cela n'arrivera-t-il jamais...

– Je suis vraiment désolée, monsieur Tumnus, dit Lucy. Mais, s'il vous plaît, laissez-moi rentrer à la maison.

– Bien sûr, dit le faune. Bien sûr, je le dois. Je le comprends, maintenant. Je ne savais pas à quoi ressemblaient les Êtres humains, avant de vous rencontrer. Bien sûr, je ne peux pas vous livrer à la Sorcière ; pas maintenant que je vous connais. Mais nous devons partir tout de suite. Je vous raccompagnerai jusqu'au réverbère. Je suppose que, de là, vous pourrez retrouver votre chemin vers Chambre Dami et Ar-Moire ?

– Oui, j'en suis certaine, dit Lucy.

– Nous devons marcher aussi silencieusement que possible, l'avertit M. Tumnus. Le bois tout entier est peuplé de ses espions. Il y a même quelques arbres qui sont de son côté.

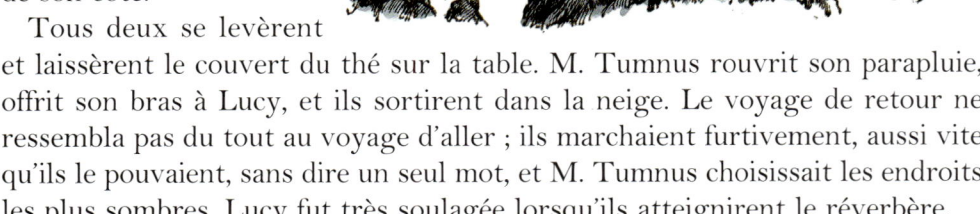

Tous deux se levèrent et laissèrent le couvert du thé sur la table. M. Tumnus rouvrit son parapluie, offrit son bras à Lucy, et ils sortirent dans la neige. Le voyage de retour ne ressembla pas du tout au voyage d'aller ; ils marchaient furtivement, aussi vite qu'ils le pouvaient, sans dire un seul mot, et M. Tumnus choisissait les endroits les plus sombres. Lucy fut très soulagée lorsqu'ils atteignirent le réverbère.

– À partir d'ici, connaissez-vous votre chemin, fille d'Ève ? demanda-t-il.

Lucy regarda très attentivement entre les arbres et aperçut seulement une lueur lointaine, qui ressemblait à la lumière du jour.

– Oui ! dit-elle, je distingue la porte de l'armoire.

– Alors, rentrez chez vous aussi vite que possible ! conseilla le faune, et... pour... pourrez-vous, un jour, me pardonner ce que j'ai eu l'intention de vous faire ?

– Bien sûr que oui ! dit Lucy, en lui serrant chaleureusement la main. Et j'espère de tout mon cœur que vous n'aurez pas de terribles ennuis à cause de moi !

– Adieu, fille d'Ève, dit-il. Peut-être puis-je garder votre mouchoir ?

– Naturellement ! dit Lucy, puis elle s'élança en direction de la lointaine tache de lumière du jour aussi vite que le lui permirent ses jambes. Et tout à coup, à la place des branches rugueuses, qui l'effleuraient au passage, elle sentit les manteaux, et au lieu de la neige crissant sous ses pieds, elle sentit le plancher de bois, et soudain elle se retrouva sautant hors de l'armoire dans la pièce vide, à partir de laquelle toute l'aventure avait commencé. Elle ferma soigneusement la porte de l'armoire, et regarda autour d'elle, en reprenant son souffle. Il pleuvait toujours, et elle entendit les voix des autres, dans le corridor.

– Je suis ici ! cria-t-elle. Je suis ici. Je suis revenue et je vais bien !

Chapitre 3

Edmund et l'armoire

Lucy sortit en courant de la pièce vide et s'engouffra dans le corridor, où elle retrouva les trois autres.

– Tout va bien ! répéta-t-elle. Me voici.

– Mais, Lucy, de quoi diable parles-tu ? demanda Susan.

– Comment ? s'exclama Lucy avec stupéfaction. Vous n'étiez pas tous en train de vous demander où j'étais ?

– Ah ! Tu t'étais cachée, n'est-ce pas ? dit Peter. Pauvre vieille Lucy, elle s'est cachée et personne ne s'en est aperçu ! Il faudra rester cachée plus longtemps que cela la prochaine fois, si tu veux que l'on commence à te chercher !

– Mais j'ai été absente pendant des heures et des heures ! affirma Lucy.

Les autres se regardèrent avec des yeux ronds.

– Toquée ! dit Edmund en se tapant la tête, complètement toquée !

– Que veux-tu dire, Lucy ? demanda Peter.

– Ce que j'ai déjà dit ! répondit Lucy. Je suis entrée dans l'armoire juste après le petit déjeuner et j'ai été absente pendant des heures et des heures. J'ai pris le thé, et toutes sortes de choses sont arrivées.

– Ne sois pas sotte, Lucy ! dit Susan. Il y a juste un instant que nous sommes sortis de cette pièce, et tu t'y trouvais alors.

– Elle n'est pas sotte du tout, remarqua Peter. Elle est juste en train d'inventer une histoire pour s'amuser, n'est-ce pas Lucy ? Et, dans le fond, pourquoi pas ?

– Non, Peter, je n'invente rien, dit-elle. C'est… c'est une armoire magique. Il y a un bois à l'intérieur, et il neige, et il y a un faune, et une sorcière, et cela s'appelle Narnia. Venez voir !

Les autres étaient très perplexes, mais Lucy paraissait si excitée qu'ils retournèrent tous dans la pièce avec elle. Elle s'y élança la première, ouvrit toute grande la porte de l'armoire, et s'écria :

– Maintenant, entrez et voyez vous-mêmes !

– Tiens, espèce d'oie stupide ! persifla Susan, qui avait mis sa tête à l'intérieur, puis écarté les manteaux de fourrure, c'est une armoire tout à fait ordinaire : regarde ! voici le fond !

Alors chacun regarda à l'intérieur, puis écarta les manteaux, et chacun vit – Lucy elle-même vit – une armoire parfaitement ordinaire. Il n'y avait ni forêt, ni neige, simplement le fond d'une armoire, avec des crochets fixés dessus.

Peter entra, et, pour s'assurer de sa solidité, donna sur le fond une série de petits coups secs avec les jointures de ses doigts.

– Lucy, voilà une fameuse supercherie ! s'écria-t-il en ressortant. Tu nous as bien attrapés, je dois l'admettre. Nous t'avons à moitié crue !

– Mais ce n'est pas du tout une supercherie ! maintint Lucy. Je te l'assure ! C'était complètement différent il y a un moment. Crois-moi ! Je te le promets !

– Allons, Lucy, gronda Peter. Cela va un peu trop loin ! Tu as réussi ta plaisanterie. C'est très bien. Mais ne trouves-tu pas que cela suffit maintenant ?

Lucy devint toute rouge, essaya de répondre quelque chose, bien qu'elle ne sût pas exactement quoi, et puis fondit en larmes.

Les jours suivants, elle fut extrêmement malheureuse. Elle aurait pu se réconcilier avec les autres très facilement, et à n'importe quel moment, si elle avait pu se résoudre à admettre que toute l'affaire n'était qu'une histoire inventée pour s'amuser. Mais Lucy était une petite fille très franche, et elle savait qu'elle avait vraiment raison et elle ne pouvait pas se résoudre à dire cela. Les autres, qui pensaient qu'elle racontait un mensonge et, qui plus est, un mensonge très stupide, la rendaient très misérable. Les deux aînés ne le faisaient pas exprès ; mais Edmund savait se montrer odieux et, à cette occasion, il fut vraiment odieux. Il se moquait de Lucy, ricanait d'un air méprisant, et ne cessait de lui demander si elle avait découvert de nouveaux pays dans les autres placards de la maison.

Ce qui empirait la détresse de la fillette, c'est que ces journées, normalement, auraient dû être délicieuses. Le temps était magnifique, et ils étaient dehors du matin au soir, nageant, pêchant, grimpant aux arbres, et se reposant dans la bruyère. Mais Lucy ne pouvait savourer comme il convenait aucun de ces plaisirs. Cette situation dura jusqu'à la prochaine journée de pluie.

Ce jour-là, comme même en début d'après-midi le temps ne s'éclaircissait toujours pas, les enfants décidèrent de jouer à cache-cache. C'est Susan qui devait chercher. Aussitôt que les autres se furent éparpillés pour se cacher, Lucy alla dans la pièce où se trouvait l'armoire. Elle n'avait pas l'intention de se cacher dans l'armoire, parce qu'elle savait que cela inciterait les autres à reparler de toute cette pénible affaire. Mais elle voulait jeter un dernier coup d'œil à l'intérieur car, maintenant, elle commençait elle-même à se demander si elle n'avait pas rêvé cette histoire de Narnia et du faune. La maison était si vaste, si tarabiscotée, et comportait tant de recoins pour se cacher que Lucy pensait avoir le temps de vite jeter un coup d'œil dans l'armoire et puis de courir se cacher ailleurs. Mais dès qu'elle arriva dans la pièce, elle entendit des pas dans le corridor, et alors elle n'eut pas d'autre solution que de sauter dans l'armoire et de tenir la porte fermée derrière elle. Elle ne la ferma pas complètement, car elle savait que c'était vraiment très sot de s'enfermer dans une armoire, même si ce n'était pas une armoire magique.

Les pas qu'elle avait entendus étaient ceux d'Edmund ; il entra dans la pièce juste à temps pour voir Lucy disparaître dans l'armoire. Il décida aussitôt d'y entrer lui aussi : il ne trouvait pas que c'était une cachette particulièrement bonne, mais il voulait continuer à taquiner Lucy à propos de son pays imaginaire. Il ouvrit la porte. Il y avait les manteaux, pendus comme à l'accoutumée, et une odeur de naphtaline, et l'obscurité, et le silence, mais aucune trace de Lucy. « Elle pense que je suis Susan et que je viens l'attraper, se dit Edmund, et par conséquent elle reste bien tranquille dans le fond. » Il sauta à l'intérieur et claqua la porte, oubliant à quel point il est stupide d'agir ainsi. Puis il commença à tâtonner dans le noir pour repérer Lucy. Il s'attendait à la trouver en quelques secondes et fut très surpris de ne pas y parvenir. Il décida de rouvrir la porte, pour laisser entrer un peu de lumière. Mais il ne réussit pas non plus à trouver la porte. Cela ne lui plut pas du tout et, toujours à l'aveuglette, il se mit à chercher fébrilement dans toutes les directions ; il cria même :

– Lucy, Lucy ! Où es-tu ? Je sais que tu te caches ici !

Il n'y eut pas de réponse et Edmund remarqua que sa propre voix avait une résonance curieuse – non celle à laquelle on s'attend à l'intérieur d'un placard, mais plutôt une résonance de plein air. Il remarqua aussi avec étonnement qu'il avait froid ; et enfin il vit une lumière.

– Dieu merci ! s'écria Edmund, la porte a dû se rouvrir d'elle-même.

Il oublia complètement Lucy et marcha vers la lumière qui, selon lui, provenait de la porte ouverte de l'armoire. Mais, au lieu de sortir dans la chambre d'ami, voilà qu'il émergea de l'ombre de quelques sapins sombres et touffus et se retrouva dans une clairière, au milieu d'un bois.

De la neige poudreuse crissait sous ses pieds et recouvrait, en couche épaisse, les branches des arbres. Au-dessus de sa tête, il y avait un ciel bleu pâle, le genre de ciel que l'on voit par une belle matinée d'hiver. Juste devant lui, il aperçut, entre les troncs d'arbres, le soleil qui se levait, très rouge et très lumineux. Tout était parfaitement silencieux, comme s'il était la seule créature vivante dans ce pays. Il n'y avait même pas un rouge-gorge, ou un écureuil, dans les branchages, et la forêt s'étendait à perte de vue dans toutes les directions. Il frissonna.

Il se rappela alors qu'il était en train de chercher Lucy ; il se rappela aussi combien il avait été désagréable avec elle au sujet de son « pays imaginaire », qui, il s'en rendait compte maintenant, n'était pas imaginaire du tout. Il pensa qu'elle devait se trouver dans les parages, aussi cria-t-il :

– Lucy ! Lucy ! Je suis ici, moi aussi, moi, Edmund !

Il n'y eut pas de réponse.

« Elle est fâchée à cause de toutes les choses que je lui ai dites dernièrement », pensa Edmund. Et, quoique cela ne lui fît aucun plaisir de reconnaître qu'il avait eu tort, cela lui faisait encore moins plaisir de rester seul dans ce lieu étrange, glacial et silencieux ; aussi cria-t-il de nouveau :

– Écoute, Lucy ! Je regrette de ne pas t'avoir crue ! Je vois à présent que tu avais entièrement raison. Montre-toi, je t'en prie. Faisons la paix !

Il n'y eut toujours pas de réponse.

– C'est bien d'une fille ! observa Edmund. Boudant dans son coin et ne voulant pas accepter d'excuse !

Il regarda de nouveau autour de lui : non, décidément, il n'aimait pas cet endroit ; et il s'était presque résolu à rentrer chez lui quand il entendit, très loin dans la forêt, un bruit de clochettes. Il écouta : le bruit se rapprochait ; il était tout proche, maintenant ; et voilà que soudain apparut un traîneau, qui glissait sur la neige, tiré par deux rennes.

Les rennes avaient à peu près la taille de poneys Shetland, et leur robe était si blanche qu'en comparaison la neige semblait moins blanche ; leurs bois étaient dorés et ils flamboyèrent lorsque le soleil levant les frappa de ses rayons. Leur harnais était en cuir écarlate, garni de clochettes. Sur le traîneau, guidant les rennes, était assis un nain corpulent, qui aurait mesuré quatre-vingt-dix centimètres environ s'il s'était tenu debout. Il était vêtu d'une peau d'ours polaire, et, sur sa tête, il portait un bonnet rouge et pointu, orné d'un long gland doré, qui pendait à l'extrémité ; son immense barbe couvrait ses genoux et lui servait de couverture. Derrière lui, sur un siège beaucoup plus haut, situé au milieu du traîneau, était assise une personne tout à fait différente – une noble dame, plus grande que toutes les femmes qu'Edmund avait jamais vues.

Elle aussi était emmitouflée jusqu'au cou dans de la fourrure blanche ; elle tenait dans sa main droite une longue baguette rigide en or, et elle portait une couronne d'or sur sa tête. Sa figure était blanche, pas seulement pâle, mais blanche comme de la neige, ou du papier, ou du sucre glacé, à l'exception de sa bouche, qui était très rouge. C'était d'ailleurs une belle figure, mais orgueilleuse, froide et sévère.

Quel beau spectacle, lorsque le traîneau glissa dans la direction d'Edmund, avec ses clochettes qui tintinnabulaient, le nain qui faisait claquer son fouet et la neige qui s'envolait de chaque côté !

– Arrête-toi ! commanda la Dame, et le nain retint si brusquement les rennes qu'ils tombèrent presque assis par terre.

Ensuite, ils se remirent d'aplomb et restèrent sur place, mâchonnant leur mors, et reprenant leur respiration. Et, dans l'air gelé, le souffle qui sortait de leurs naseaux ressemblait à de la fumée.

– Qu'êtes-vous, je vous prie ? demanda la Dame en regardant fixement Edmund.

– Je… je… je m'appelle Edmund, balbutia Edmund, d'un ton assez embarrassé.

Il n'aimait pas la façon dont elle le regardait. La Dame fronça les sourcils.

– Est-ce ainsi que vous vous adressez à une reine ? demanda-t-elle, avec un air encore plus sévère.

– Je vous demande pardon, Majesté, je ne savais pas… dit Edmund.

– Vous ne connaissez pas la reine de Narnia ? s'écria-t-elle. Ah ! Vous nous connaîtrez mieux par la suite. Mais, je répète ma question : qu'est-ce que vous êtes ?

– S'il vous plaît, Votre Majesté, dit Edmund, je ne comprends pas ce que vous voulez dire. Je suis en classe – ou plutôt, j'y étais… ce sont les vacances maintenant.

Chapitre 4

Les loukoums

— Mais qu'est-ce que vous *êtes* ? demanda de nouveau la reine. Êtes-vous un nain géant qui a coupé sa barbe ?

— Non, Votre Majesté, répondit Edmund. Je n'ai jamais eu de barbe, je suis un petit garçon.

— Un petit garçon ! s'exclama-t-elle. Voulez-vous dire que vous êtes un fils d'Adam ?

Edmund demeura muet. Il était trop troublé pour comprendre le sens de cette question.

— Je vois en tout cas que vous êtes un idiot, quoi que vous soyez par ailleurs ! déclara la reine. Répondez-moi une bonne fois pour toutes, ou bien je perdrai patience. Êtes-vous un Être humain ?

— Oui, Votre Majesté, acquiesça Edmund.

— Et comment, je vous prie, êtes-vous entré dans mon empire ?

— S'il vous plaît, Votre Majesté, je suis venu par l'armoire.

— Une armoire ? Expliquez-vous !

— J'ai… j'ai ouvert une porte et je me suis retrouvé ici, Votre Majesté, dit Edmund.

— Ah ! dit la reine, s'adressant plus à elle-même qu'à Edmund. Une porte. Une porte du monde des Hommes ! J'ai entendu parler de pareilles choses. Cela peut faire tout échouer. Mais il est seul, et je m'arrangerai facilement avec lui.

En prononçant ces mots, elle se leva de son siège et regarda Edmund en plein visage, de ses yeux qui lançaient des flammes ; au même instant, elle brandit sa baguette. Edmund fut certain qu'elle allait faire quelque chose de terrible, mais il semblait incapable de bouger. Puis, juste au moment où il se considérait comme perdu, la reine parut changer d'avis.

— Mon pauvre enfant, dit-elle d'une voix toute changée, vous avez l'air complètement gelé ! Venez vous asseoir près de moi sur le traîneau : je vous couvrirai avec mon manteau, et nous parlerons.

Edmund n'aimait pas du tout cet arrangement, mais il n'osa pas désobéir ; il monta sur le traîneau et s'assit aux pieds de la reine, qui l'enroula chaudement dans les plis de son manteau de fourrure.

— Peut-être quelque chose de chaud à boire ? proposa la reine. Aimeriez-vous cela ?

— Oui, s'il vous plaît, Votre Majesté, accepta Edmund, qui claquait des dents.

D'une cachette dissimulée sous ses couvertures, la reine sortit une très petite bouteille, qui avait l'air d'être en cuivre. Puis, tendant le bras, elle laissa tomber une goutte de son contenu sur la neige, à côté du traîneau. L'espace d'une seconde, Edmund vit la goutte étinceler dans l'air comme un diamant. Mais au moment où elle toucha la neige, il y eut un sifflement, et voilà qu'apparut une coupe ornée de pierres précieuses, emplie d'un liquide qui fumait. Le nain s'en saisit aussitôt et la présenta à Edmund avec une révérence et un sourire ; mais un sourire qui n'était pas très gentil. Edmund se sentit beaucoup mieux dès les premières gorgées de cette boisson brûlante. C'était quelque chose qu'il n'avait jamais goûté auparavant, très sucré, mousseux et crémeux, et cela le réchauffa jusqu'aux orteils.

— Cela manque de charme, fils d'Adam, de boire sans manger, dit bientôt la reine. Qu'est-ce qui vous ferait le plus plaisir ?

— Des loukoums, s'il vous plaît, Votre Majesté, demanda Edmund.

La reine laissa tomber sur la neige une autre goutte de sa bouteille et, au même instant, voilà qu'apparut une boîte ronde, fermée par un ruban de soie verte. En l'ouvrant, Edmund vit qu'elle contenait plusieurs livres des meilleurs loukoums. Chaque morceau était sucré et moelleux jusqu'au milieu. Edmund n'avait jamais rien goûté de plus exquis. Il avait très chaud, maintenant, et il se sentait très bien.

Pendant qu'il mangeait, la reine ne cessa de lui poser des questions. Au début, Edmund essaya de se rappeler qu'il était grossier de parler la bouche pleine, mais il l'oublia vite et ne pensa plus qu'à engloutir le plus de loukoums possible ; plus il en mangeait, plus il désirait en manger, et pas une seule fois il ne se demanda pourquoi la reine était si curieuse. Elle l'amena à dire qu'il avait un frère et deux sœurs, et que l'une de ses sœurs avait déjà été à Narnia et qu'elle y avait rencontré un faune, et, qu'en dehors de lui-même, de son frère et de ses sœurs, personne ne connaissait quoi que ce soit au sujet de Narnia. Elle sembla particulièrement intéressée par le fait qu'ils étaient quatre, et elle ne cessait de revenir sur ce point.

— Êtes-vous certain que vous n'êtes que quatre ? demandait-elle. Deux fils d'Adam et deux filles d'Ève, ni plus ni moins ?

Et Edmund, la bouche pleine de loukoums, ne cessait de dire :
– Oui, je vous l'ai déjà dit ! en oubliant de l'appeler « Votre Majesté », mais elle ne paraissait plus s'en soucier maintenant.

Les loukoums finirent par tous disparaître, et Edmund regarda obstinément la boîte vide, en espérant que la reine lui demanderait s'il en voulait encore. La reine, c'est probable, avait deviné ses pensées, car elle savait – et cela, Edmund l'ignorait – que ces loukoums étaient enchantés, et que quiconque les avait goûtés une fois en réclamerait toujours davantage et même, si on le laissait faire, s'en gaverait au point de mourir d'indigestion. Mais elle ne lui en offrit pas d'autres. À la place, elle lui dit :

– Fils d'Adam, j'aimerais tant voir votre frère et vos deux sœurs. Me les amènerez-vous ?

– J'essaierai, dit Edmund, qui contemplait toujours la boîte vide.

– Parce que si vous revenez – en les amenant avec vous, bien entendu – je pourrai vous donner d'autres loukoums. Je ne peux pas le faire maintenant, la magie n'agira pas une deuxième fois. Mais, dans ma demeure, ce sera différent.

– Pourquoi ne pouvons-nous pas aller chez vous tout de suite ? demanda Edmund.

Lorsque, tout à l'heure, il était monté sur le traîneau, il avait eu peur que la reine ne s'en allât avec lui vers quelque lieu inconnu, d'où il n'aurait pas été capable de revenir ; désormais, il avait oublié cette crainte.

– C'est un endroit ravissant, ma maison, poursuivit la reine. Je suis certaine que vous l'aimerez. Il y a des pièces entières remplies de loukoums, et, surtout, je n'ai pas d'enfants. Je veux un gentil petit garçon, que je pourrai élever comme un prince et qui deviendra le roi de Narnia, quand j'aurai disparu. Tant qu'il sera prince, il portera une couronne en or et mangera des loukoums toute la journée ; et vous êtes de loin le jeune homme le plus intelligent et le plus beau que j'aie jamais rencontré. Je pense que je pourrai faire de vous ce prince… un jour, quand vous m'amènerez les autres en visite…

– Pourquoi pas maintenant ? demanda Edmund.

Sa figure était devenue très rouge, sa bouche et ses doigts étaient collants. Il n'avait l'air ni intelligent, ni beau, en dépit de ce que disait la reine.

– Si je vous conduisais là-bas maintenant, répondit-elle, je ne verrais pas votre frère ni vos sœurs. J'ai très envie de connaître votre charmante famille. Vous êtes destiné à être le prince, et, plus tard, le roi ; c'est entendu. Mais vous devez avoir des courtisans et des nobles. Je ferai votre frère duc, et vos sœurs, duchesses.

– *Ils* ne sont pas très intéressants, objecta Edmund, et, de toute façon, je pourrais toujours les amener un autre jour.

– Ah ! Mais une fois que vous serez dans ma maison, dit la reine, vous risquez de les oublier complètement. Vous vous amuserez tellement que vous ne voudrez pas prendre la peine d'aller les chercher. Non. Vous devez retourner dans votre pays, à présent, et revenir me voir une autre fois, *avec eux*, vous comprenez ? Il est inutile de venir sans eux.

– Mais je ne connais même pas le chemin pour rentrer dans mon pays, prétexta Edmund.

– C'est facile ! répondit la reine. Voyez-vous cette lampe ?

Elle la désigna avec sa main ; Edmund se retourna et vit le réverbère sous lequel Lucy avait rencontré le faune.

– Tout droit, au-delà de cette lampe, se trouve le chemin qui mène au monde des Hommes. Maintenant, regardez de l'autre côté – elle tendit sa main dans la direction opposée –, et dites-moi si vous pouvez voir deux petites collines qui s'élèvent au-dessus des arbres.

– Je crois que oui, dit Edmund.

– Eh bien, ma maison se trouve entre ces deux collines. Ainsi, la prochaine fois que vous viendrez, il vous suffira de trouver le réverbère, de repérer ces deux collines, puis de traverser le bois jusqu'à ce que vous arriviez à ma maison. Mais, souvenez-vous : vous devez amener les autres. Je pourrais être obligée de me fâcher très fort avec vous si vous veniez seul…

– Je ferai de mon mieux, promit Edmund.

– Au fait, reprit la reine, vous n'avez pas besoin de leur parler de moi. Ce serait amusant d'en faire un secret entre nous deux, ne trouvez-vous pas ? Réservez-leur une surprise ! Amenez-les simplement jusqu'aux deux collines – un garçon intelligent comme vous trouvera facilement un prétexte pour le faire – et, quand vous arriverez à ma maison, vous n'aurez qu'à dire : « Voyons qui habite ici ! », ou quelque chose du même genre. Je suis certaine que ce sera préférable. Si votre sœur a rencontré l'un des faunes, elle aura peut-être entendu d'étranges histoires à mon sujet, de vilaines histoires, à cause desquelles elle aura sans doute peur de venir me voir. Les faunes disent n'importe quoi, vous savez, et maintenant…

– S'il vous plaît, s'il vous plaît ! interrompit soudain Edmund, s'il vous plaît, pourrais-je avoir juste un petit morceau de loukoum, que je mangerai en rentrant chez moi ?

– Non, non, répondit la reine en riant. Vous devez attendre jusqu'à la prochaine fois.

Tout en parlant, elle fit signe au nain de se mettre en route, mais au moment où le traîneau allait disparaître, la reine agita sa main dans la direction d'Edmund, et lui cria :

– La prochaine fois ! La prochaine fois ! N'oubliez pas ! Venez bientôt !

Edmund regardait encore du côté où le traîneau avait disparu, lorsqu'il entendit quelqu'un l'appeler par son nom. Jetant un coup d'œil autour de lui, il vit Lucy qui sortait d'une autre partie de la forêt, et marchait vers lui.

– Oh ! Edmund ! s'écria-t-elle, ainsi tu es entré, toi aussi ! N'est-ce pas merveilleux ? Et maintenant…

– D'accord ! coupa Edmund. Je vois que tu avais raison : c'est bien une armoire magique après tout. Je te demanderai pardon, si tu le veux. Mais où diable étais-tu pendant tout ce temps ? Je t'ai cherchée partout !

– Si j'avais su que tu étais entré ici, je t'aurais attendu, répondit Lucy.

Elle était si heureuse et si excitée qu'elle ne remarqua pas qu'Edmund lui parlait avec hargne et que son visage était tout congestionné et très bizarre.

– J'ai déjeuné avec le cher monsieur Tumnus, le faune. Il va très bien et la Sorcière blanche ne l'a pas encore puni de m'avoir laissée partir : il pense donc qu'elle n'a sans doute rien découvert et que peut-être tout finira par s'arranger.

– La Sorcière blanche, dit Edmund, qui est-ce ?

– C'est vraiment une personne épouvantable ! répondit Lucy. Elle se donne le titre de reine de Narnia, bien qu'elle n'ait absolument aucun droit d'être reine, et tous les faunes, dryades, naïades, nains et animaux – tout au moins tous ceux qui sont gentils – la haïssent purement et simplement. Elle peut changer les gens en pierre et faire toutes sortes d'horribles choses. Elle a jeté un sort, à cause duquel c'est toujours l'hiver à Narnia, toujours l'hiver, mais jamais Noël ! Et elle circule sur un traîneau tiré par des rennes, avec sa baguette à la main et sa couronne sur la tête.

Edmund se sentait déjà mal à son aise, parce qu'il avait mangé trop de bonbons, mais quand il apprit que la Dame, dont il était devenu l'ami, était une dangereuse sorcière, il se sentit encore plus mal à son aise. Néanmoins, ce qu'il désirait toujours par-dessus tout, c'était savourer une nouvelle fois ces loukoums merveilleux.

– Qui t'a raconté toutes ces sornettes au sujet de la Sorcière blanche ? demanda-t-il.

– Monsieur Tumnus, le faune, dit Lucy.

– On ne peut pas toujours croire ce que disent les faunes, déclara Edmund, en s'efforçant d'avoir l'air de les connaître beaucoup mieux que sa sœur.

– Qui a dit cela ? demanda Lucy.

– Tout le monde le sait ! affirma Edmund, demande à n'importe qui ! Mais ce n'est vraiment pas amusant de rester plantés là, dans la neige. Rentrons à la maison !

– Oui, rentrons ! dit Lucy. Oh ! Edmund, je suis contente que tu aies pénétré, toi aussi, à Narnia ! Les autres seront bien obligés d'y croire à présent, puisque nous y avons été tous les deux. Comme cela va être amusant !

Mais en lui-même, il pensait que ce ne serait pas aussi amusant pour lui que pour elle. Il serait obligé d'admettre, devant les autres, que Lucy avait eu raison, et il était certain que les autres se rangeraient tous du côté des faunes et des animaux ; or lui avait adopté le parti de la Sorcière. Il ne savait pas ce qu'il dirait, ni comment il garderait son secret, quand ils parleraient tous ensemble de Narnia.

Cependant, ils avaient fait une bonne partie du chemin. Soudain ils sentirent les manteaux autour d'eux, à la place des branches d'arbres et, un instant plus tard, ils se retrouvèrent tous les deux hors de l'armoire, debout dans la pièce vide.

– Dis-moi, Edmund ! s'exclama Lucy, tu as vraiment une mine affreuse… Tu te sens mal ?

– Je vais très bien ! répondit-il, mais ce n'était pas vrai. Il avait très mal au cœur.

– Alors viens, cherchons les autres ! Que d'histoires nous aurons à leur raconter ! Et quelles merveilleuses aventures nous allons connaître, maintenant que nous sommes tous ensemble dans cette magie !

Chapitre 5

Retour de ce côté de la porte

Parce que le jeu de cache-cache durait encore, Edmund et Lucy mirent un certain temps à trouver les autres. Quand ils furent enfin tous réunis (ce qui se produisit dans la longue salle où il y avait l'armure), Lucy s'exclama :

– Peter, Susan ! Tout est vrai ! Edmund l'a vu aussi. Il existe un pays que l'on peut atteindre en passant par l'armoire. Edmund et moi y sommes entrés tous les deux ! Nous nous sommes rencontrés là-bas, dans le bois. Allez, Edmund, continue ! Raconte-leur tout !

– Qu'est-ce que c'est que toute cette histoire, Edmund ? demanda Peter.

Nous sommes arrivés maintenant à l'un des épisodes les plus pénibles de ce récit. Jusqu'à cet instant, Edmund s'était senti malade, et boudeur, et vexé parce que Lucy avait raison, mais il n'avait pas encore décidé ce qu'il allait faire. Quand Peter, brusquement, lui posa cette question, il décida tout à coup d'agir de la façon la plus méchante possible : il décida de laisser tomber Lucy.

– Raconte-nous, Edmund ! dit Susan.

Il prit alors un air très supérieur, comme s'il était beaucoup plus âgé que Lucy (en fait, ils n'avaient qu'un an de différence), puis il ricana doucement et dit :

– Oh ! Oui ! Lucy et moi avons bien joué : nous avons fait semblant de croire que toute son histoire d'un pays imaginaire dans l'armoire était vraie. Juste pour nous amuser, bien entendu ! Mais, en réalité, il n'y a rien dans l'armoire !

La pauvre Lucy jeta un seul regard à son frère et s'enfuit de la pièce en courant. Edmund, qui devenait plus méchant de minute en minute, estima qu'il avait remporté un grand succès et reprit aussitôt la parole pour dire :

– La voilà qui recommence ! Qu'est-ce qu'elle a ? Ce qui est ennuyeux avec les gamins, c'est que toujours…

– Dis donc ! cria Peter, en l'attaquant avec fureur, tais-toi ! Tu as été vraiment dégoûtant avec Lucy depuis qu'elle s'est mise à raconter ses bêtises à propos de l'armoire, et maintenant, voilà que tu entres dans son jeu, et puis que tu la laisses tomber à nouveau ! Je suis sûr que tu as agi ainsi simplement par méchanceté !

– Mais ce ne sont que des bêtises ! objecta Edmund, complètement décontenancé.

– Bien sûr ! dit Peter, et c'est précisément ce qui est grave. Lucy allait parfaitement bien lorsque nous avons quitté la maison mais, depuis que nous sommes ici, elle semble avoir le cerveau dérangé, ou alors, elle est en train de devenir la pire des menteuses. Quoi qu'il en soit, penses-tu vraiment lui faire du bien en te moquant d'elle un jour, et puis en l'encourageant le jour suivant ?

– Je pensais… je pensais…, balbutia Edmund, mais il ne trouvait rien à répondre.

– Tu ne pensais rien du tout ! dit Peter, c'est juste de la méchanceté. Tu as toujours aimé être odieux avec ceux qui étaient plus petits que toi ; nous avons déjà vu cela en classe !

– Arrêtez ! s'écria Susan, une dispute entre vous deux n'arrangera rien. Partons à la recherche de Lucy.

Lorsqu'ils la trouvèrent, beaucoup plus tard, ils se rendirent compte qu'elle avait pleuré, ce qui n'était pas surprenant. Rien de ce qu'ils lui dirent alors ne changea la situation. Elle ne démordait pas de son histoire et leur déclara :

– Peu m'importe ce que vous pensez, peu m'importe ce que vous dites ! Vous pouvez avertir le professeur, vous pouvez écrire à maman, vous pouvez faire ce que vous voulez. Je sais que j'ai rencontré un faune, là-bas, et… J'aimerais être restée dans le bois, et vous êtes tous des brutes, des brutes !

Ce fut une soirée très pénible. Lucy était malheureuse et Edmund s'apercevait que son plan ne fonctionnait pas aussi bien qu'il l'avait espéré. Les deux aînés, eux, commençaient sérieusement à penser que Lucy n'avait plus toute sa tête. Et ils restèrent dans le couloir, pour parler de son cas, en chuchotant, longtemps après qu'elle fut allée se coucher. De ces conciliabules il résulta que, le lendemain, ils prirent la décision d'aller raconter toute l'affaire au professeur.

– Il écrira à papa s'il pense que Lucy ne va vraiment pas bien, dit Peter ; car, désormais, ce problème nous dépasse.

Ils allèrent donc frapper à la porte du bureau et le professeur dit :

– Entrez !

Il se leva, leur avança des chaises, et leur déclara qu'il était entièrement à leur disposition. Puis il s'assit, et, pressant les uns contre les autres les bouts de ses doigts, il les écouta sans les interrompre jusqu'à ce qu'ils aient terminé toute leur histoire. Ensuite, il resta silencieux un long moment. Enfin, il s'éclaircit la voix et leur posa la question à laquelle l'un et l'autre s'attendaient le moins :

– Comment savez-vous, leur demanda-t-il, que l'histoire de votre sœur n'est pas vraie ?

– Oh ! Mais…, commença Susan, puis elle s'arrêta.

On pouvait voir, d'après la physionomie du vieil homme, qu'il était parfaitement sérieux. Alors Susan se ressaisit et dit :

– Mais Edmund a dit qu'ils ont juste fait semblant…

– C'est un point, admit le professeur, qui mérite certainement qu'on l'examine ; qu'on l'examine très attentivement. Par exemple – excusez-moi de vous poser une telle question –, d'après votre expérience, qui, de votre frère ou de votre sœur, vous semble le plus crédible ? Je veux dire, qui est le plus franc ?

– Voilà justement ce qui est curieux dans cette histoire, monsieur, répondit Peter. Jusqu'à aujourd'hui, j'aurais répondu Lucy, sans la moindre hésitation !

– Et vous, ma chérie, qu'en pensez-vous ? demanda le professeur, en se tournant vers Susan.

– Eh bien, dit-elle, en temps normal j'aurais répondu la même chose que Peter, mais cela ne pourrait pas être vrai… toute cette histoire de forêt et de faune…

– Cette question me dépasse, dit le professeur, mais accuser de mensonge une personne que l'on a toujours considérée comme franche est une chose très grave, une chose extrêmement grave, assurément.

– Nous avions peur que ce ne soit peut-être même pas un mensonge, dit Susan, nous avions pensé que sans doute Lucy n'allait pas très bien…

– Vous voulez dire, qu'elle était folle ? dit le professeur très calmement. Oh ! Rassurez-vous ! Il suffit de la regarder et de lui parler pour voir qu'elle n'est pas folle du tout !

– Mais alors…, s'exclama Susan, et elle s'arrêta.

Elle n'avait jamais imaginé qu'une grande personne puisse parler comme le professeur, et elle ne savait pas quoi penser.

– La logique ! dit le professeur, en partie pour lui-même. Pourquoi n'enseignent-ils pas la logique dans ces écoles ? Il n'y a que trois possibilités. Soit votre sœur ment, soit elle est folle, soit elle dit la vérité. Vous savez qu'elle ne ment pas, et il est évident qu'elle n'est pas folle. Donc, pour le moment, et jusqu'à preuve du contraire, nous devons admettre qu'elle dit la vérité.

Susan le regarda attentivement et fut certaine, d'après l'expression de son visage, qu'il ne se moquait pas d'eux.

– Mais comment cela peut-il être vrai, monsieur ? demanda Peter.

– Pourquoi posez-vous cette question ? rétorqua le professeur.

– Pour une raison très simple, répondit Peter. Si c'est vrai, pourquoi ne trouve-t-on pas ce pays chaque fois que l'on pénètre dans l'armoire ? Je m'explique : il n'y avait rien lorsque nous avons regardé, et Lucy elle-même n'a pas prétendu le contraire.

— Qu'est-ce que cela change ? dit le professeur.

— Eh bien monsieur, si les choses sont réelles, elles ne disparaissent pas.

— Le croyez-vous vraiment ? demanda le professeur, et Peter ne sut pas quoi répondre.

— Et il n'y a pas eu de temps, objecta de son côté Susan. Même si un tel lieu existait, Lucy n'aurait pas eu le temps d'y aller : elle a couru derrière nous juste au moment où nous sortions de la pièce. Il ne s'était même pas écoulé une minute, et elle a prétendu qu'elle avait été absente pendant des heures.

— C'est justement la chose qui rend son histoire tout à fait susceptible d'être vraie, déclara le professeur. S'il y a réellement, dans cette maison, une porte qui conduit vers un autre monde (et je dois vous avertir que cette maison est très étrange, et que, même moi, je la connais très mal), si donc, je répète, Lucy a pénétré dans un autre monde, je ne serais pas du tout surpris de découvrir que cet autre monde a un temps séparé, qui lui est propre ; si bien que quelle que soit la durée d'un séjour là-bas, cela ne prendra jamais une seconde de *notre* temps. Par ailleurs, je ne pense pas que beaucoup de petites filles de son âge soient capables d'inventer cette idée toutes seules. Si Lucy avait imaginé son histoire, elle serait restée cachée pendant un certain temps avant de venir vous raconter son aventure.

— Mais vous voulez vraiment dire, monsieur, dit Peter, qu'il peut exister d'autres mondes comme ça, tout autour de nous, tout à côté de nous ?

— Rien n'est plus probable, dit le professeur, qui enleva ses lunettes et se mit à les nettoyer, tout en marmonnant pour lui-même : Je me demande ce qu'ils peuvent bien leur enseigner dans ces écoles.

— Mais qu'allons-nous faire ? dit Susan, qui trouvait que la conversation commençait à dévier du sujet.

— Ma jeune demoiselle, dit le professeur en levant soudain vers les deux enfants un regard très pénétrant, il existe un plan que personne n'a encore suggéré et qui vaut pourtant la peine d'être essayé.

— Qu'est-ce que c'est ? demanda Susan.

— Nous pouvons tous essayer de nous mêler uniquement de ce qui nous regarde, déclara-t-il.

Et ce fut la fin de la conversation.

Par la suite, les choses allèrent beaucoup mieux pour Lucy. Peter veilla à ce qu'Edmund cessât de se moquer d'elle et, d'ailleurs, ni Lucy, ni personne d'autre n'eut envie de parler de l'armoire. C'était devenu un sujet plutôt angoissant.

Pendant un temps, l'on put croire que les aventures allaient prendre fin ; or il n'en fut pas ainsi... La maison du professeur, que même lui connaissait si mal, était si ancienne et si célèbre que, de tous les coins de l'Angleterre, des gens venaient demander la permission de la visiter. Elle faisait partie de ces demeures qui sont mentionnées dans les guides touristiques, et même dans les livres d'histoire ; et elle le méritait, car l'on racontait à son sujet toutes sortes d'anecdotes, dont certaines étaient encore beaucoup plus étranges que celle que je suis en train de vous conter. Et lorsque des groupes de touristes arrivaient et demandaient à voir la maison, le professeur leur en donnait toujours l'autorisation ; Mme Macready, la gouvernante, leur servait de guide : elle leur parlait des tableaux, de l'armure et des livres rares de la bibliothèque. Mme Macready n'aimait pas beaucoup les enfants, et elle supportait mal d'être interrompue quand elle expliquait aux visiteurs toutes les choses qu'elle savait. Dès le premier matin, ou presque, elle avait dit à Peter et à Susan (parmi bon nombre d'autres recommandations) :

– Et n'oubliez pas, je vous prie, que vous devez vous tenir à l'écart, chaque fois que je guide un groupe à travers la maison !

– Comme si l'un d'entre nous voulait gâcher la moitié d'une matinée à tourner en rond avec une foule de grandes personnes inconnues ! s'exclama Edmund, et les trois autres furent de son avis.

Or voici comment les aventures commencèrent pour la deuxième fois.

Quelques jours plus tard, Peter et Edmund étaient occupés à examiner l'armure et se demandaient s'ils pourraient la démonter, lorsque les deux filles firent irruption dans la pièce, en criant :

– Attention ! Voici la Macready, et toute une troupe avec elle !

– Sauve qui peut ! hurla Peter, et tous les quatre se sauvèrent par la porte située à l'extrémité de la pièce. Mais quand ils eurent pénétré dans la pièce verte et, au-delà, dans la bibliothèque, ils entendirent soudain des  voix qui venaient à leur rencontre ; ils se rendirent compte alors que Mme Macready devait faire monter son groupe de visiteurs par l'escalier de derrière, et non par l'escalier de devant, comme ils l'avaient supposé. Ensuite, soit qu'ils eussent perdu la tête, ou que Mme Macready ait essayé de les attraper, soit qu'un enchantement, assoupi dans la maison, se soit subitement ranimé et les ait poussés vers le domaine de Narnia, bref, quelle qu'en fût la raison, ils eurent l'impression d'être traqués partout, si bien que Susan finit par s'écrier :

– Oh ! Flûte pour ces touristes ! Venez ! Entrons dans la chambre de l'armoire jusqu'à ce qu'ils soient passés ! Personne ne nous suivra ici !

Mais, à l'instant même où ils pénétrèrent dans cette pièce, ils entendirent des voix dans le couloir, quelqu'un tripota la porte et ils virent la poignée tourner…

– Vite ! commanda Peter, il n'y a pas d'autre cachette !

Et il ouvrit toute grande la porte de l'armoire. Tous les quatre s'entassèrent à l'intérieur et s'assirent là, haletants, dans l'obscurité. Peter tenait la porte tirée, mais il ne la ferma pas car, bien sûr, il se rappelait, comme toute personne raisonnable, qu'il ne faut jamais, jamais s'enfermer dans une armoire.

Chapitre 6

Dans la forêt

– J'espère que la Macready se dépêchera d'emmener tous ces gens ! dit bientôt Susan, car je commence à avoir des crampes horribles !
– Et quelle infecte odeur de camphre, dit Edmund.
– Je pense que les poches de ces manteaux en sont remplies, expliqua Susan ; cela éloigne les mites.
– Il y a quelque chose qui me pique le dos ! s'exclama Peter.
– Et ne trouvez-vous pas qu'il fait froid ? demanda Susan.
– Maintenant que tu le fais remarquer, oui, je trouve qu'il fait froid, admit Peter, et il fait humide aussi ! Il y a quelque chose de bizarre dans cette armoire ! Je suis assis sur quelque chose d'humide. Cela devient de plus en plus humide !
Avec peine, il réussit à se mettre sur ses pieds.
– Sortons d'ici ! suggéra Edmund. Ils sont partis !
– Oh ! Ooohhh ! ! ! cria soudain Susan. Tout le monde lui demanda ce qu'elle avait.
– Je suis assise contre un arbre ! dit Susan, et, regardez ! cela s'éclaircit, par là-bas !
– Tu as raison ! constata Peter. Regardez ! Regardez : il y a des arbres partout ! Et cette chose humide, c'est de la neige ! Eh bien, je crois que nous avons fini par entrer dans la forêt de Lucy !
À présent, on ne pouvait plus s'y tromper ; les quatre enfants clignaient tous des yeux face à la clarté d'une journée hivernale. Derrière eux, il y avait les manteaux, suspendus aux crochets ; devant eux il y avait les arbres couverts de neige.
Peter se tourna aussitôt vers Lucy.
– Excuse-moi de ne pas t'avoir crue, dit-il, je suis désolé. Serrons-nous la main, veux-tu ?
– Bien sûr ! dit Lucy, en lui tendant la sienne.
– Et maintenant, qu'allons-nous faire ? demanda Susan.
– Ce que nous allons faire ? s'écria Peter. Explorer le bois, bien entendu !
– Brrr ! dit Susan, en tapant du pied. Il fait très froid. Si nous mettions quelques-uns de ces manteaux.
– Ils ne sont pas à nous, objecta-t-il.
– Je suis certaine que personne ne s'en souciera, remarqua Susan. Ce n'est pas comme si nous voulions les emporter hors de la maison ; nous ne les sortirons même pas de l'armoire !

– Je n'y avais pas pensé, reconnut Peter. Maintenant que tu le présentes de cette façon, je comprends. Naturellement ! Personne ne peut dire qu'on a volé un manteau tant qu'on le laisse dans l'armoire où on l'a trouvé. Et je crois que ce pays se trouve contenu tout entier dans l'armoire.

Les enfants suivirent aussitôt la judicieuse idée de Susan. Les manteaux étaient beaucoup trop grands pour eux : ils leur descendaient jusqu'aux talons et ressemblaient plus à des robes royales qu'à des manteaux. Mais les frères et sœurs avaient tous bien plus chaud, et chacun trouvait que les autres avaient meilleure allure dans ce nouvel habillement, et que, surtout, ils paraissaient plus en harmonie avec le paysage.

– Nous pourrons faire semblant d'être des explorateurs de l'Arctique ! suggéra Lucy.

– Cela va être suffisamment passionnant comme cela : il n'y aura pas besoin de faire semblant ! rétorqua Peter, en se mettant à marcher, à la tête des autres, vers le cœur de la forêt.

De lourds nuages sombres s'accumulaient au-dessus de leurs têtes : il neigerait encore avant la nuit.

– Au fait, commença Edmund, ne devrions-nous pas prendre un peu plus à gauche, si nous voulons atteindre le réverbère ?

Il avait complètement oublié qu'il devait feindre de ne jamais avoir été dans le bois auparavant. À peine eut-il prononcé ces mots qu'il se rendit compte qu'il s'était trahi. Tout le monde s'arrêta ; tout le monde le regarda fixement. Peter siffla.

– Ainsi, dit-il, tu étais vraiment là, le jour où Lucy a dit qu'elle t'avait rencontré… et tu as soutenu qu'elle mentait !

Il y eut un silence de mort.

– Eh bien, de toutes les sales bêtes… ! s'exclama Peter, puis il haussa les épaules et n'ajouta pas un mot.

Et, en effet, il n'y avait rien à ajouter. Les quatre enfants se remirent en route ; mais Edmund se disait à lui-même : « Vous me le paierez, espèce de petits poseurs, prétentieux et puants ! »

– Et maintenant, où allons-nous ? demanda Susan, qui voulait changer de sujet.

– Je pense que Lucy devrait être notre guide, répondit Peter ; elle le mérite bien ! Où vas-tu nous emmener, Lucy ?

– Si nous allions voir monsieur Tumnus ? proposa Lucy. C'est l'aimable faune dont je vous ai parlé.

Chacun approuva, et les voilà partis, marchant avec entrain et tapant fort leurs pieds. Tout d'abord, Lucy se demanda si elle serait capable de retrouver son chemin, mais elle reconnut, ici, un arbre bizarre, là, une souche, et elle conduisit ses frères et sœur dans la partie du bois où le terrain devenait capricieux, puis au fond du petit vallon et enfin devant la porte de la caverne de M.

Tumnus. Mais là, une effroyable surprise les attendait.

La porte avait été arrachée de ses gonds et cassée en morceaux. À l'intérieur, la caverne était sombre et froide, et elle exhalait cette odeur et cette impression d'humidité, que dégage habituellement une maison inhabitée depuis plusieurs jours. La neige s'était engouffrée par la porte et amoncelée sur le sol, se mêlant à des choses noirâtres, dans lesquelles les enfants reconnurent des morceaux de bois calcinés et des cendres provenant du feu. Apparemment, quelqu'un les avait jetés à travers la pièce, puis les avait piétinés pour les éteindre. La faïence gisait, en miettes, sur le sol et le portrait du père du faune avait été lacéré avec un couteau.

— C'est plutôt raté ! ricana Edmund. Cela n'a servi à rien de venir ici !
— Tiens ! Qu'est-ce que c'est ? dit Peter en se baissant.

Il venait de remarquer un morceau de papier qui avait été cloué au sol à travers le tapis.

— Y a-t-il quelque chose d'écrit ? demanda Susan.
— Oui, je crois, répondit Peter, mais je ne peux pas lire, il n'y a pas assez de lumière ici. Allons dehors !

Ils sortirent tous à la lumière du jour et se pressèrent autour de Peter qui lut, à haute voix, les mots suivants :

L'ancien occupant de ces lieux, le faune Tumnus, a été arrêté, et il attend son procès ; il est accusé de haute trahison envers Sa Majesté Impériale Jadis, Reine de Narnia, Châtelaine de Cair Paravel, Impératrice des îles Solitaires, etc. Il est accusé également d'avoir réconforté les ennemis de ladite Majesté, d'avoir hébergé des espions et d'avoir fraternisé avec des Êtres humains.

Signé : Maugrim, chef de la Police secrète
VIVE LA REINE !

Les enfants se regardèrent, ébahis.
— Je ne sais pas si je vais aimer cet endroit, dit Susan.
— Qui est cette reine, Lucy ? interrogea Peter. Est-ce que tu sais quelque chose à son sujet ?

– Ce n'est pas du tout une vraie reine, répondit Lucy. C'est une horrible sorcière, la Sorcière blanche. Tout le monde – tous les habitants du bois – la hait. Elle a jeté un sort sur le pays tout entier, si bien que c'est toujours l'hiver ici, mais jamais Noël.

– Je… je me demande si cela vaut la peine d'aller plus loin, remarqua Susan. Je veux dire, l'endroit ne semble pas très sûr et je ne pense pas que ce sera très amusant. Et il fait de plus en plus froid ; et nous n'avons rien emporté à manger. Si nous rentrions à la maison ?

– Mais nous ne pouvons pas, nous ne pouvons pas ! protesta Lucy. Ne comprenez-vous pas ? Nous ne pouvons pas rentrer à la maison, pas après ce qui s'est passé. C'est uniquement à cause de moi que ce pauvre faune a des ennuis. Il m'a cachée, pour que la sorcière ne me trouve pas, et il m'a indiqué le chemin du retour. Voilà ce que signifient les expressions : « réconforter les ennemis de Sa Majesté » et « fraterniser avec les Êtres humains ». Nous devons absolument essayer de le délivrer !

– Beau programme ! persifla Edmund, alors que nous n'avons rien à manger !

– Tais-toi ! coupa Peter, qui était toujours très fâché. Qu'en penses-tu, Susan ?

– J'ai l'horrible impression que Lucy a raison, répondit Susan. Je n'ai pas envie de faire un pas de plus, et j'aimerais ne jamais être venue ici. Mais je pense que nous devons essayer de faire quelque chose pour monsieur Peu-importe-son-nom, je veux dire, pour le faune.

– C'est également mon impression, dit Peter. Cela m'ennuie de ne pas avoir de nourriture avec nous. J'aurais bien proposé de rentrer à la maison pour prendre quelque chose dans le garde-manger, seulement, il ne semble pas qu'on ait beaucoup de chances de rentrer dans ce pays une fois qu'on l'a quitté. Je pense donc que nous devons continuer.

– Nous aussi ! dirent les deux petites filles.

– Si seulement nous savions où ce malheureux est emprisonné ! soupira Peter.

Ils étaient tous en train de se demander ce qu'il fallait faire, lorsque Lucy s'écria:

– Regardez ! Voici un rouge-gorge, avec des plumes vraiment cramoisies ! C'est le premier oiseau que je vois ici. Tiens, je me demande si les oiseaux savent parler à Narnia ? On dirait qu'il a envie de nous dire quelque chose…

Elle se tourna alors vers le rouge-gorge et dit :

– S'il vous plaît, pouvez-vous nous indiquer où Tumnus, le faune, a été emmené?

En prononçant ces mots, elle fit un pas vers l'oiseau. Il s'envola aussitôt, mais guère plus loin que l'arbre suivant. Il s'y percha et regarda les enfants très attentivement, comme s'il comprenait tout ce qu'ils étaient en train de dire. Sans s'en rendre vraiment compte, les quatre enfants avaient avancé d'un pas ou deux, pour se rapprocher de lui. Alors le rouge-gorge s'envola de nouveau vers l'arbre voisin et, de nouveau, les regarda avec une extrême attention.

(Il aurait été impossible de trouver un rouge-gorge avec une collerette plus rouge, et des yeux plus brillants !)

— Vous savez, observa Lucy, je crois vraiment qu'il veut que nous le suivions.

— Je le pense aussi, dit Susan. Et toi, Peter, quel est ton avis ?

— Eh bien, nous pouvons essayer de le suivre, répondit-il.

Le rouge-gorge parut comprendre toute l'affaire. Il continua à voler d'arbre en arbre, toujours à quelques mètres devant eux, mais toujours suffisamment près pour qu'ils puissent le suivre aisément. De cette manière, il les conduisit sur un chemin légèrement en pente. Partout où le rouge-gorge se posait, une petite averse de neige tombait de la branche. Bientôt les nuages se déchirèrent au-dessus de leurs têtes : un soleil d'hiver apparut et la neige, autour d'eux, brilla d'un éclat éblouissant. Cela faisait une demi-heure environ qu'ils cheminaient ainsi, les deux sœurs ouvrant la marche, lorsque Edmund dit à Peter :

— Si tu daignes enfin m'entendre, j'ai quelque chose à dire que tu ferais mieux d'écouter.

— Qu'est-ce que c'est ? demanda Peter.

— Chut ! Pas si fort ! dit Edmund, cela ne sert à rien d'effrayer les filles. Voilà : comprends-tu ce que nous sommes en train de faire ?

— Eh bien quoi ? dit Peter en chuchotant.

— Nous sommes en train de suivre un guide dont nous ne connaissons rien. Savons-nous seulement à quel camp appartient cet oiseau ? Pourquoi ne nous attirerait-il pas dans un piège ?

— C'est une idée mesquine. Et puis… un rouge-gorge, tu sais. Il y a de bons oiseaux dans toutes les histoires que j'ai lues. Je suis certain qu'un rouge-gorge ne serait pas du mauvais côté.

— S'il s'agit de cela, quel est le bon côté ? Comment savons-nous que les faunes ont raison et que la reine a tort ? Oui, oui, je sais, *on nous a dit* que c'était une sorcière. Mais, en fait, nous ne savons vraiment rien ni des uns ni des autres.

— Le faune a sauvé Lucy.

— *Il l'a dit*. Mais quelle preuve en avons-nous ? Et puis, il y a autre chose aussi. L'un d'entre nous a-t-il la moindre idée du chemin à suivre pour rentrer à la maison ?

— Miséricorde ! s'écria Peter. Je n'ai pas pensé à cela !

— Et aucun espoir de déjeuner, par-dessus le marché ! ajouta Edmund.

Chapitre 7

Une journée avec les castors

Tandis que les deux garçons chuchotaient à l'arrière, les filles poussèrent soudain un grand cri et s'arrêtèrent.

– Le rouge-gorge ! s'exclama Lucy, le rouge-gorge ! Il s'est envolé !

Eh oui ! Envolé et disparu !

– Et maintenant, qu'allons-nous faire ? dit Edmund, en lançant à Peter un regard qui signifiait clairement : « Qu'est-ce que j'avais dit ! »

– Chut ! Regardez ! dit Susan.

– Quoi ? demanda Peter.

– Il y a quelque chose qui bouge entre les arbres… là-bas, sur la gauche.

Ils regardèrent tous dans cette direction, aussi attentivement que possible ; aucun d'eux ne se sentait très à son aise.

– Voilà que « cela » revient ! annonça bientôt Susan.

– Je l'ai vu aussi, cette fois, dit Peter. « Il » est encore là. « Il » est simplement parti derrière ce gros arbre.

– Qu'est-ce que c'est ? demanda Lucy, en s'efforçant de ne pas paraître nerveuse.

– Quel qu'il soit, cet être veut nous éviter, constata Peter. Il ne désire pas être vu.

– Rentrons à la maison ! décida Susan.

Mais, comme Edmund l'avait fait remarquer à Peter, à la fin du chapitre précédent, chacun se rendit compte alors, sans toutefois l'exprimer à haute voix, qu'ils étaient perdus.

– Cela ressemble à quoi ? reprit Lucy.

– C'est… c'est une espèce d'animal, dit Susan, qui ajouta : Regarde ! Regarde ! Vite ! Le voilà !

Ils le virent tous, cette fois, avec sa tête moustachue et bien fourrée, qui les observait, caché derrière un arbre. L'animal ne se retira pas sur-le-champ. Au contraire, il mit sa patte devant sa bouche, de la même façon que les humains posent leur doigt contre leurs lèvres, pour vous indiquer d'être silencieux. Puis il disparut à nouveau. Les enfants retenaient tous leur respiration.

Un instant plus tard, l'étranger sortit de derrière l'arbre, jeta un regard autour de lui, comme s'il craignait que quelqu'un ne l'observe, et dit : « Chut ! » et leur fit signe de le rejoindre, dans la partie plus touffue du bois, où lui-même se trouvait ; puis, une fois encore, il disparut.

– Je sais ce que c'est, dit Peter, c'est un castor. J'ai vu sa queue.

– Il veut que nous allions vers lui, commenta Susan, et il nous recommande de ne pas faire de bruit.

– Je sais, dit Peter. La question est de savoir si nous allons le rejoindre ou non. Qu'en penses-tu, Lucy ?

– Je pense que c'est un gentil castor, répondit-elle.

– Oui, mais qu'est-ce qui nous le *prouve* ? objecta Edmund.

– Nous devrions quand même risquer l'aventure, conseilla Susan. Je trouve que cela ne sert à rien de rester plantés là, et j'ai très envie de déjeuner.

À cet instant, le castor sortit de nouveau sa tête de derrière l'arbre et leur fit instamment signe de venir.

– Allons ! dit Peter, tentons l'expérience ! Restons ensemble ! Nous devrions être de force à lutter contre un castor, s'il s'avère que c'est un ennemi !

Les enfants serrèrent donc les rangs et se dirigèrent vers l'arbre ; puis ils passèrent derrière, et là, bien entendu, ils trouvèrent le castor ; mais ce dernier recula encore, en leur disant, dans un chuchotement rauque et guttural :

– Venez ! Venez ! Enfonçons-nous dans le bois. Nous ne sommes pas en sûreté à découvert !

Il les conduisit dans un endroit sombre, où quatre arbres poussaient si près les uns des autres que leurs branches s'étaient entremêlées et que l'on pouvait voir, à leur pied, de la terre brune et des aiguilles de pin, parce que la neige n'avait pas pu pénétrer à l'intérieur. Ce n'est que dans cet abri qu'il osa leur parler.

– Êtes-vous les Fils d'Adam et les filles d'Ève ? demanda-t-il.
– Nous sommes quelques-uns d'entre eux, répondit Peter.
– Chut ! dit le castor, pas si fort, s'il vous plaît. Nous ne sommes pas en sûreté, même ici.
– Mais de qui avez-vous peur ? s'étonna Peter. Il n'y a personne ici en dehors de nous.
– Il y a les arbres, dit le castor. Ils sont toujours en train d'écouter. La plupart sont dans notre camp, mais il existe des arbres qui pourraient nous dénoncer à elle ; vous savez qui je veux dire !
Et il hocha la tête à plusieurs reprises.
– Si nous parlons de camps, remarqua Edmund, qu'est-ce qui nous prouve que vous êtes un ami ?
– Nous ne voulons pas être grossiers, monsieur Castor, expliqua Peter, mais, vous voyez, nous sommes des étrangers.
– Je comprends parfaitement, parfaitement ! dit le castor. Voici un gage !
À ces mots, il leur tendit un petit objet blanc. Ils le regardèrent tous avec étonnement jusqu'à ce que Lucy, soudain, s'écrie :
– Oh ! Bien sûr ! C'est mon mouchoir, celui que j'avais donné au pauvre monsieur Tumnus.
– C'est cela ! confirma le castor. Le malheureux, il a eu vent de son arrestation avant qu'elle ne se produise réellement, et il m'a remis ce mouchoir. Il m'a dit que si quelque chose lui arrivait, je devais vous rencontrer ici et vous conduire auprès de…
À cet instant, il se tut et inclina deux ou trois fois la tête, avec un air tout à fait mystérieux. Et, faisant signe aux enfants de s'approcher de lui le plus possible (si près que ses moustaches leur chatouillaient le visage), il ajouta en chuchotant :
– On dit qu'Aslan est en route… qu'il est peut-être déjà arrivé.
Un phénomène très curieux se produisit alors. Pas plus que vous, les enfants ne savaient qui était Aslan mais, dès que le castor eut prononcé son nom, chacun se sentit complètement différent. Peut-être vous est-il parfois arrivé, dans un rêve, que quelqu'un dise une parole incompréhensible, mais qui, dans le rêve, paraît avoir une signification considérable, soit terrifiante, ce qui change tout le rêve en cauchemar, soit charmante, si charmante qu'on ne peut l'exprimer avec des mots, mais qui rend le rêve tellement merveilleux qu'on s'en souvient toute sa vie et qu'on désire sans cesse le recommencer. C'est ce qui arriva maintenant. Au nom d'Aslan, chaque enfant sentit quelque chose bondir dans son cœur. Edmund fut étreint par une sensation d'horreur mystérieuse. Peter se reconnut soudain courageux et plein d'audace. Susan eut l'impression qu'il flottait près d'elle un parfum délicieux, ou de ravissantes notes de musique. Quant à Lucy, elle éprouva ce joyeux sentiment qu'on a en s'éveillant, le matin,

lorsqu'on se rappelle soudain que c'est le premier jour des vacances, ou le premier jour de l'été.

– Et que savez-vous de monsieur Tumnus ? demanda Lucy. Où est-il ?

– Chut ! dit le castor. Pas ici. Je dois vous conduire là où nous pourrons vraiment parler, et aussi déjeuner.

Personne, à l'exception d'Edmund, n'avait plus maintenant la moindre hésitation à faire confiance au castor, et tout le monde, y compris Edmund, fut enchanté d'entendre le mot « déjeuner ». C'est pourquoi ils se hâtèrent tous derrière leur nouvel ami qui, pendant plus d'une heure, les guida, à une allure étonnamment rapide, à travers les parties les plus touffues de la forêt.

Chacun se sentait très fatigué et très affamé, lorsque soudain les arbres s'éclaircirent devant eux, et le terrain se mit à descendre à pic. Un instant plus tard, ils sortirent à ciel ouvert (le soleil brillait encore) et découvrirent à leurs pieds un magnifique spectacle. Ils se trouvaient sur le versant d'une vallée étroite et encaissée, au fond de laquelle coulait – ou plutôt aurait coulé si elle n'avait pas été gelée – une rivière assez large. Juste au-dessous d'eux, un barrage avait été construit en travers de la rivière. Quand ils l'aperçurent, les enfants se rappelèrent tout à coup que, bien entendu, les castors sont toujours occupés à bâtir des barrages, et ils furent certains que M. Castor avait édifié celui-là. Ils remarquèrent aussi qu'il avait maintenant, sur son visage, un petit air modeste, vous savez, l'air qu'ont certaines personnes quand on visite le jardin qu'elles ont créé, ou quand on lit une histoire qu'elles ont écrite. Et Lucy fit simplement preuve de la politesse la plus élémentaire lorsqu'elle s'écria :

– Quel magnifique barrage !

Cette fois, M. Castor ne dit pas : « Chut ! » mais :

– Juste une bagatelle ! Juste une bagatelle ! Il n'est pas complètement terminé !

En amont du barrage, l'on voyait ce qui devait être un profond bassin, mais qui n'était à présent qu'une plaque unie de glace vert foncé. En aval, et tout à fait en contrebas, il y avait davantage de glace, mais au lieu d'être lisse elle avait gelé dans les formes écumeuses et ondoyantes avec lesquelles l'eau bondissait au moment même où le gel était survenu. Là où l'eau s'était infiltrée goutte à goutte dans le barrage, pour rejaillir avec fougue de l'autre côté, il y avait maintenant un mur de glaçons étincelants, comme si la paroi du barrage avait été recouverte de fleurs, de guirlandes et de festons, filés dans le sucre le plus pur. Et au milieu, en haut du barrage, se trouvait une curieuse petite maison qui ressemblait plutôt à une gigantesque ruche ; et, d'un trou percé dans le toit, s'échappaient des volutes de fumée qui montaient vers le ciel, si bien qu'en la voyant (et surtout si on avait faim) l'on songeait aussitôt à de la cuisine, et l'on avait encore plus faim ! Voilà ce que les autres remarquèrent en premier, mais Edmund, lui, nota quelque chose de différent.

Un peu plus bas, sur le parcours de la rivière, il y avait une autre petite rivière, qui descendait d'une autre petite vallée pour rejoindre la première. En suivant du regard le tracé de cette vallée, Edmund aperçut deux petites collines, et il fut pratiquement certain qu'il s'agissait de celles que lui avait indiquées la Sorcière blanche, au moment où il l'avait quittée, près du réverbère, l'autre jour.

« Alors, se dit-il, son palais doit se trouver entre ces deux collines, à un kilomètre ou deux d'ici, seulement, peut-être même moins… » Et il pensa aux loukoums, et il rêva d'être un roi (« Je me demande quelle tête fera Peter ? » pensa-t-il) et des idées horribles lui traversèrent l'esprit.

– Nous voici arrivés ! dit M. Castor, et j'ai l'impression que madame Castor nous attend. Je vais vous montrer le chemin. Mais faites attention de ne pas glisser !

Le sommet du barrage était suffisamment large pour que l'on puisse y marcher, mais (pour des êtres humains) ce n'était pas très facile ni très aisé d'y circuler, parce qu'il était recouvert de glace et aussi parce que, si d'un côté le bassin gelé était au même niveau, de l'autre côté il y avait un dangereux précipice vers le cours inférieur de la rivière. M. Castor les conduisit en file indienne le long de ce chemin périlleux, jusqu'au beau milieu du barrage, d'où ils purent contempler la rivière, très loin, en amont, et très loin, en aval. Et quand ils eurent atteint ce point, ils se trouvèrent devant la porte de la maison.

– Nous voici, madame Castor ! annonça M. Castor. Je les ai découverts ! Voici les fils et les filles d'Adam et d'Ève !

Et ils entrèrent tous. La première chose que Lucy remarqua en pénétrant dans la maison fut une sorte de vrombissement sourd, et la première chose qu'elle vit fut une vieille dame Castor, d'apparence très aimable, assise dans un coin, avec un fil dans la bouche, et qui travaillait activement à sa machine à coudre ; et c'est précisément de cette machine que provenait le bruit. Mme Castor cessa de travailler et se leva dès que les enfants entrèrent.

– Ainsi vous êtes enfin venus ! dit-elle en leur tendant ses deux vieilles pattes ridées. Enfin ! Penser que j'ai pu vivre assez vieille pour voir ce jour ! Les pommes de terre cuisent et la bouilloire chante et je crois bien, monsieur Castor, que tu vas aller nous attraper un peu de poisson.

– Certainement, dit-il.

Et il sortit de la maison (Peter l'accompagna) ; il s'avança sur la glace du profond bassin et se dirigea vers l'endroit où il avait ménagé un petit trou, qu'il gardait ouvert, chaque jour, avec sa hachette. Ils prirent un seau avec eux. M. Castor s'assit sans bruit au bord du trou (le froid ne semblait pas le déranger), regarda fixement à l'intérieur, plongea soudain la patte et, avant que vous ne puissiez dire : « Ouf ! », il avait, d'un geste preste, attrapé une magnifique truite. Puis il recommença jusqu'à ce qu'ils aient une belle pêche.

Pendant ce temps, les petites filles aidèrent Mme Castor à remplir la bouilloire, mettre le couvert, couper le pain, faire chauffer les assiettes dans le four, tirer une énorme chope de bière pour M. Castor au tonneau qui était debout dans un coin de la maison, poser la poêle à frire sur le feu et faire chauffer la graisse. Lucy trouvait que les castors avaient une petite maison très douillette, quoique très différente de la caverne de M. Tumnus. Il n'y avait ni livres ni tableaux et, en guise de lits, il y avait des couchettes encastrées dans le mur, comme à bord d'un navire ; et il y avait des jambons et des chapelets d'oignons qui pendaient du plafond et, contre les murs, s'alignaient des bottes en caoutchouc, des cirés, des haches, des cisailles, des bêches, des truelles, des récipients pour transporter le mortier, des cannes à pêche, des filets et des sacs. Et la nappe, sur la table, bien que très propre, était faite d'une étoffe grossière.

Juste au moment où la poêle commençait à chuinter agréablement, Peter et M. Castor entrèrent avec les poissons que celui-ci avait déjà ouverts et nettoyés en plein air. Vous imaginez facilement l'odeur délicieuse que dégagèrent ces poissons fraîchement pêchés, une fois plongés dans la friture ; vous imaginez avec quelle impatience les enfants affamés guettèrent la fin de leur cuisson ; et vous imaginez combien leur appétit s'était encore aiguisé en attendant que Mme Castor ne dise :

– Maintenant, nous sommes presque prêts !

Susan égoutta les pommes de terre, puis les remit toutes dans la marmite sur le bord du fourneau ; pendant ce temps, Lucy aida Mme Castor à servir les truites, si bien qu'au bout de quelques minutes à peine chacun approcha son tabouret de la table (il n'y avait que des tabourets à trois pieds dans la maison des castors, à l'exception de la chaise à bascule de Mme Castor, installée près du feu), et chacun se prépara à savourer le déjeuner. Il y avait une cruche de lait crémeux pour les enfants (M. Castor, lui, restait fidèle à sa bière) et une grosse motte de beurre, d'un beau jaune foncé, au milieu de la table, et chacun en prenait autant qu'il en voulait pour accommoder ses pommes de terre ; et tous les enfants trouvèrent (Je suis bien de leur avis.) qu'il n'y a rien de meilleur qu'un bon poisson d'eau douce, quand on le mange une demi-heure après l'avoir pêché, juste au moment où il sort de la poêle à frire. Lorsqu'ils eurent terminé leurs poissons, Mme Castor, ô surprise ! sortit du four un grand et magnifique gâteau roulé, tout chaud, fourré et nappé d'une épaisse confiture d'oranges et, en même temps, elle mit la bouilloire sur le feu, de façon que le thé soit prêt à être servi dès qu'ils auraient fini le gâteau à la confiture. Quand ils eurent chacun reçu leur tasse de thé, les convives reculèrent leurs tabourets, afin de pouvoir s'adosser au mur, et ils poussèrent tous un long soupir de contentement.

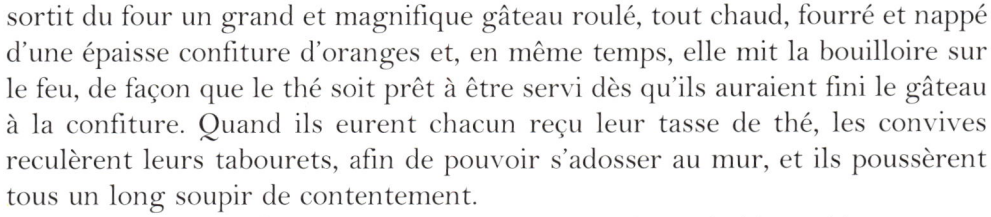

— Et maintenant, dit M. Castor, repoussant sa chope de bière vide et approchant de lui sa tasse de thé, si vous voulez bien attendre que j'aie allumé ma pipe, et tiré une première bouffée… voilà, c'est fait ! Eh bien, nous pouvons nous occuper de nos affaires, désormais. Tiens, il neige à nouveau ! observa-t-il, en jetant un coup d'œil par la fenêtre. Tant mieux ! Nous n'aurons pas de visiteurs ainsi ! Et si quelqu'un a essayé de vous suivre, eh bien, il ne trouvera plus aucune trace !

Chapitre 8

Ce qui arriva après le déjeuner

– Et maintenant, demanda Lucy, dites-nous, s'il vous plaît, ce qui est arrivé à monsieur Tumnus.

– Ah ! C'est grave, répondit M. Castor, en secouant sa tête. C'est une affaire très grave. Cela ne fait aucun doute qu'il a été emmené par la police. Je l'ai appris par un oiseau qui a vu la scène.

– Mais où a-t-il été conduit ? interrogea Lucy.

– Eh bien, la dernière fois qu'on les a vus, ils se dirigeaient vers le nord, et nous savons tous ce que cela veut dire…

– Non, *nous* ne savons pas, dit Susan.

M. Castor secoua la tête tristement.

– Cela signifie, je le crains fort, qu'ils l'emmenaient dans sa maison, expliqua-t-il.

– Mais que vont-ils lui faire, monsieur Castor ? demanda Lucy, haletante.

– Eh bien, dit M. Castor, on ne peut jamais être certain. Mais il n'y en a pas beaucoup qui ressortent jamais de là ! Des statues ! C'est plein de statues, dit-on ; il y en a dans la cour, dans l'escalier et dans le vestibule. Des êtres qu'elle a changés… (il s'arrêta et frissonna) changés en pierre !

– Mais, monsieur Castor, s'exclama Lucy, ne pouvons-nous pas, je veux dire, nous *devons* faire quelque chose pour le sauver. C'est trop terrible et c'est entièrement de ma faute !

– Je suis certaine que vous le sauveriez, si vous le pouviez, ma chérie, dit Mme Castor, mais vous n'avez aucune chance d'entrer dans cette maison contre sa volonté, et d'en ressortir vivante.

– Ne pouvons-nous pas inventer une ruse ? proposa Peter. Nous pourrions, par exemple, nous déguiser, ou faire semblant d'être, je ne sais pas, des colporteurs, ou n'importe quoi, ou alors guetter jusqu'à ce qu'elle soit partie, ou encore… et puis zut ! Il doit y avoir *un* moyen ! Ce faune a pris le risque de sauver ma sœur, monsieur Castor. Nous ne pouvons absolument pas le laisser être, être… le laisser subir ce traitement !

– C'est inutile, fils d'Adam, dit M. Castor, inutile que *vous* tentiez quoi que ce soit, vous moins que personne. Mais maintenant qu'Aslan est en chemin…

– Oh ! Oui ! Parlez-nous d'Aslan ! crièrent plusieurs voix à la fois ; car de nouveau l'étrange sentiment, semblable aux premiers signes du printemps, semblable aux bonnes nouvelles, s'était emparé d'eux.

– Qui est Aslan ? demanda Susan.
– Aslan ? dit M. Castor. Comment, vous ne le savez pas ? C'est le Roi. C'est le seigneur de la forêt tout entière, mais il n'est pas souvent là, vous comprenez. Il n'a jamais été là de mon temps, ni de celui de mon père. Mais nous avons été avertis qu'il était revenu. Il est à Narnia, en ce moment. Il va régler l'affaire de la Reine blanche. C'est lui, non pas vous, qui va sauver monsieur Tumnus.
– Et lui, elle ne va pas le changer en pierre ? demanda Edmund.
– Dieu vous bénisse, fils d'Adam, comme vous êtes naïf ! répondit M. Castor, avec un grand rire. Le changer, *lui*, en pierre ? Si seulement elle arrive à rester sur ses deux pieds et à le regarder en face, ce sera déjà extraordinaire : je ne l'en crois même pas capable ! Non, non. Aslan remettra tout en ordre, comme il est dit dans ce passage d'un poème très ancien :

Le mal se change en bien
Aussitôt qu'Aslan revient,
Au bruit de son rugissement
Disparaissent tous les tourments,
Quand il montre ses dents,
L'hiver meurt sur-le-champ,
Et dès qu'il secoue sa crinière
Le printemps renaît sur la terre.

Vous comprendrez quand vous le verrez.
– Mais le verrons-nous ? demanda Susan.
– Eh bien, fille d'Ève, c'est la raison pour laquelle je vous ai amenés ici. Je dois vous conduire à l'endroit où vous le rencontrerez, dit M. Castor.
– Est-ce… est-ce un homme ? interrogea Lucy.
– Aslan, un homme ! dit M. Castor sévèrement. Bien sûr que non ! Je vous dis qu'il est le roi de la forêt et le fils du grand Empereur d'au-delà-des-mers. Ne savez-vous pas qui est le roi des animaux ? Aslan est un lion, le Lion, le grand Lion.
– Oooh ! s'exclama Susan. Je pensais qu'il était un homme… N'est-il pas… dangereux ? Cela me fera plutôt peur de rencontrer un lion…
– Tu auras certainement peur, ma mignonne, c'est sûr ! dit Mme Castor. S'il existe des gens qui peuvent se présenter devant Aslan sans que leurs genoux tremblent, ils sont soit plus courageux que les autres, soit tout simplement stupides.
– Alors, il est dangereux ? dit Lucy.
– Dangereux ? reprit M. Castor. Vous n'avez donc pas entendu ce qu'a dit madame Castor ? Dangereux ? Évidemment qu'il est dangereux. Mais il est bon. Il est le roi, je vous le répète.
– J'ai très envie de le rencontrer ! déclara Peter. Même si je me sens effrayé quand arrivera le moment de l'entrevue.

– C'est bien, fils d'Adam, approuva M. Castor, en laissant tomber sa patte sur la table, dans un fracas d'assiettes et de tasses qui s'entrechoquent. Vous irez. Un message a été envoyé, stipulant que *vous devez le rencontrer, demain si possible, près de la Table de Pierre*.

– Où est-ce ? demanda Lucy.

– Je vous montrerai le chemin, dit M. Castor. C'est plus bas, sur la rivière, à une bonne distance d'ici. Je vous y emmènerai !

– Mais, pendant ce temps, qu'adviendra-t-il du pauvre monsieur Tumnus ? s'inquiéta Lucy.

– Le moyen le plus rapide de l'aider est d'aller voir Aslan, expliqua M. Castor, une fois qu'Aslan est avec nous, alors nous pouvons commencer à agir. Cela ne veut pas dire que nous n'avons pas besoin de vous aussi. Car il est écrit dans une autre partie de cet antique poème :

> *Le jour où la chair d'Adam, où les os d'Adam*
> *Siégeront sur le trône de Cair Paravel,*
> *Le temps des malheurs cessera complètement.*

Ainsi les choses doivent-elles approcher de leur fin, maintenant qu'il est venu et que vous êtes venus. Nous avons entendu dire qu'Aslan était venu dans nos régions, autrefois, il y a très longtemps, personne ne peut plus dire quand. Mais jamais un représentant de votre race n'est venu ici auparavant.

– Il y a quelque chose que je ne comprends pas, monsieur Castor, dit Peter. La Sorcière n'est-elle pas un être humain ?

– Elle aimerait bien que nous le croyions ! dit M. Castor, et c'est sur cela qu'elle fonde sa prétention à être reine. Mais elle n'est pas une fille d'Ève. Elle descend de la première femme de votre père Adam (là, M. Castor s'inclina), que l'on appelait Lilith. Elle était l'une des djinn. Voilà d'où elle descend d'un côté. Et de l'autre côté, elle descend des géants. Non, non, il n'y a pas une goutte de vrai sang humain chez la Sorcière.

– C'est la raison pour laquelle elle est complètement méchante, monsieur Castor, remarqua Mme Castor.

– C'est juste, madame Castor, répliqua-t-il ; il peut y avoir deux manières de voir les Êtres humains (je ne veux offenser personne ici). Mais il n'y a pas deux manières de voir les choses qui ont l'air d'être humaines et qui ne le sont pas.

– J'ai connu de gentils nains, dit Mme Castor.

– Moi aussi, maintenant que tu en parles, dit son mari, mais très peu, et c'étaient ceux qui ressemblaient le moins à des hommes. Mais, en général, retenez mon conseil, lorsque vous rencontrez quelque chose qui va être humain, mais ne l'est pas encore, ou bien qui a été humain, et ne l'est plus, ou qui devrait être humain, mais ne l'est pas, faites attention, et prenez votre hache.

C'est pourquoi la Sorcière se méfie tellement de l'intrusion d'Êtres humains à Narnia. Elle vous guette depuis des années, et si elle savait que vous êtes quatre, elle serait encore plus dangereuse.

– Qu'est-ce que cela peut faire que nous soyons quatre ? demanda Peter.

– C'est à cause d'une autre prophétie, dit M. Castor. Là-bas, à Cair Paravel – c'est le château situé au bord de la mer, à l'embouchure de cette rivière, et qui devrait être la capitale de toute la contrée, si les choses étaient comme elles devraient l'être –, là-bas, à Cair Paravel, il y a quatre trônes, et il existe, à Narnia, un proverbe, qui remonte à la nuit des temps et qui dit que lorsque deux fils d'Adam et deux filles d'Ève s'assiéront sur ces quatre trônes, alors ce sera la fin, non seulement du règne de la Sorcière blanche, mais aussi de sa vie ; et c'est pour cela que nous avons pris tant de précautions lorsque nous sommes venus, car si elle connaissait votre existence, vos vies ne vaudraient pas plus qu'un poil de mes moustaches !

Les enfants avaient écouté avec une si grande concentration ce que M. Castor leur révélait qu'ils n'avaient prêté attention à rien d'autre depuis un long moment. Mais pendant l'instant de silence qui suivit sa dernière remarque, Lucy s'écria soudain :

– Ma parole, où est Edmund ?

Il y eut un affreux moment de stupeur, et puis chacun se mit à demander : « Qui l'a vu en dernier ? Depuis combien de temps n'est-il plus là ? Est-il sorti ? » Et puis tout le monde se précipita dehors pour le chercher. La neige tombait toujours à gros flocons, la glace aux reflets verts du bassin avait disparu sous une épaisse couverture blanche et de l'endroit où s'élevait la petite maison, au milieu du barrage, l'on pouvait à peine voir l'une ou l'autre berge. Ils sortirent, enfonçant jusqu'aux chevilles dans la neige fraîche toute molle, et ils firent le tour de la maison, en appelant, dans toutes les directions : « Edmund ! Edmund ! » jusqu'à ce qu'ils soient complètement enroués. Mais la chute silencieuse de la neige semblait assourdir leurs voix et il n'y eut même pas un écho pour leur répondre.

– C'est vraiment épouvantable ! gémit Susan, alors qu'ils rentraient, en désespoir de cause. Oh ! Comme j'aimerais que nous ne soyons jamais venus !

– Mais que diable allons-nous faire, monsieur Castor ? dit Peter.

– Faire ? dit M. Castor, qui était déjà en train de chausser ses bottes, faire ? Nous devons partir sur-le-champ ! Nous n'avons pas une minute à perdre !

– Nous ferions mieux de nous partager en quatre équipes de recherche, proposa Peter, et de partir dans des directions différentes. Celui qui le trouvera devra revenir ici tout de suite et…

– Des équipes de recherche, fils d'Adam ? interrompit M. Castor, pour quoi faire ?

– Pour chercher Edmund, naturellement !

– Ce n'est pas la peine de le chercher, dit M. Castor.

– Que voulez-vous dire ? s'étonna Susan. Il ne doit pas être encore très loin. Et nous devons le trouver. Que voulez-vous dire en déclarant que ce n'est pas la peine de le chercher ?

– La raison pour laquelle il est inutile de le chercher, dit M. Castor, c'est que nous savons déjà où il est allé !

Chacun le regarda avec stupéfaction.

– Vous ne comprenez donc pas ? dit M. Castor. Il est allé chez *elle*, chez la Sorcière blanche. Il nous a tous trahis.

– Oh ! Voyons… Oh ! Vraiment… balbutia Susan. Il ne peut pas avoir fait cela !

– Pourquoi pas ? dit M. Castor, en posant sur les trois enfants un regard très pénétrant, et toutes leurs protestations s'évanouirent sur leurs lèvres, car chacun d'eux eut soudain l'intime conviction que c'était exactement ce qu'Edmund avait fait.

– Mais trouvera-t-il le chemin ? dit Peter.

– Est-il déjà venu dans ce pays ? demanda M. Castor. Est-il déjà venu ici tout seul ?

– Oui, répondit Lucy, dans un chuchotement. Je crains que oui.

– Et vous a-t-il raconté ce qu'il avait fait et qui il avait rencontré ?

– Eh bien, non, dit Lucy.

– Alors, écoutez-moi attentivement, dit M. Castor, il a déjà rencontré la Sorcière blanche ; il s'est rangé de son côté et il a appris où elle vivait. Je n'avais pas envie de vous le dire plus tôt (puisque c'était votre frère), mais, à l'instant où j'ai posé mes yeux sur lui, je me suis dit : « Tricheur ! » Il avait le regard de quelqu'un qui avait été avec la Sorcière et qui avait mangé sa nourriture. On peut toujours les démasquer quand on a vécu longtemps à Narnia ; il y a quelque chose de spécial dans leurs yeux.

– Tout de même, dit Peter, d'une voix étranglée, nous devons aller le chercher. C'est notre frère, après tout, même s'il est un petit dégoûtant. Et puis, ce n'est qu'un enfant…

– Aller dans la maison de la Sorcière ? dit Mme Castor. Ne comprenez-vous pas que la seule chance de le sauver, et de vous sauver par la même occasion, c'est de vous tenir éloignés d'elle ?

– Pourquoi ? dit Lucy.

– Ce qu'elle désire, c'est vous attirer tous les quatre, chez elle (elle pense sans cesse à ces quatre trônes de Cair Paravel). Une fois que vous serez tous les quatre dans sa maison, sa tâche sera achevée et, avant que vous ayez le temps d'ouvrir la bouche, il y aura quatre nouvelles statues dans sa collection. Mais elle gardera Edmund vivant aussi longtemps qu'il sera le seul prisonnier, parce qu'elle voudra s'en servir comme un appât ; un appât pour vous attraper.

– Oh ! Est-ce que personne ne peut nous aider ? gémit Lucy.

– Aslan est le seul, dit M. Castor, nous devons aller le trouver. C'est notre seule chance désormais.

– Il me semble, mes chers, observa Mme Castor, qu'il est très important de savoir à quel moment *exactement* il a filé. Ce qu'il peut raconter à la Sorcière dépend de ce qu'il a entendu. Par exemple, avions-nous commencé à parler d'Aslan avant qu'il ne parte ? Si c'est non, alors, il se peut que nous réussissions notre entreprise, car elle ne saura pas qu'Aslan est venu à Narnia, ou que nous allons le rencontrer, et elle ne se méfiera pas en ce qui concerne *cela*…

– Je ne me rappelle pas qu'il ait été là lorsque nous parlions d'Aslan, commença Peter, mais Lucy l'interrompit.

– Oh ! Si, il était là, dit-elle, l'air misérable, vous ne vous souvenez pas, c'est lui qui a demandé si la sorcière pouvait changer Aslan en pierre, lui aussi ?

– Eh oui, c'est vrai, sacrebleu ! jura Peter, et ça lui ressemble bien de dire une chose pareille !

– De mal en pis ! dit M. Castor, une dernière question : était-il encore là lorsque je vous ai révélé que le lieu où vous rencontreriez Aslan était la Table de Pierre ?

Bien entendu, personne ne put répondre à cette question.

– Parce que, s'il était là, poursuivit-il, alors il suffira à la Sorcière de partir en traîneau dans cette direction et de se poster entre nous et la Table de Pierre pour nous attraper en chemin. Et nous ne pourrons pas rejoindre Aslan.

– Mais ce n'est pas ce qu'elle fera en premier, objecta Mme Castor, pas si je la connais. Dès qu'Edmund lui aura dit que nous sommes tous ici, elle se mettra en route pour nous attraper cette nuit même, et s'il est parti il y a une demi-heure environ, elle sera ici dans vingt minutes !

– Tu as raison, madame Castor, dit son mari, nous devons tous partir d'ici. Il n'y a pas une seconde à perdre !

Chapitre 9

Dans la maison de la Sorcière

Et maintenant, bien entendu, vous voulez savoir ce qui était arrivé à Edmund. Il avait mangé sa part de déjeuner, mais il ne l'avait pas vraiment savourée, parce qu'il pensait tout le temps aux loukoums – et il n'y a rien qui gâche plus le goût d'une bonne nourriture ordinaire que le souvenir d'une mauvaise nourriture magique. Il avait entendu la conversation, mais il ne l'avait pas appréciée non plus, parce qu'il continuait à croire que les autres ne faisaient pas attention à lui, et essayaient de lui battre froid. Ce n'était pas vrai, mais il se l'imaginait. Il avait écouté jusqu'à ce que M. Castor leur ait parlé d'Aslan et leur ait révélé tous les détails de la rencontre à la Table de Pierre. C'est ensuite qu'il se mit, dans le plus grand silence, à ramper sous le rideau qui pendait devant la porte. Car la mention du nom d'Aslan lui faisait éprouver un sentiment d'horreur mystérieuse, alors qu'elle donnait aux autres un sentiment de mystérieux bien-être.

Au moment où M. Castor avait récité le poème *La Chair d'Adam et les os d'Adam*, Edmund avait tourné sans bruit la poignée de la porte ; et juste avant que M. Castor ait commencé à leur expliquer que la Sorcière blanche n'était pas un Être humain, mais à moitié une djinn, à moitié une géante, Edmund était sorti, dans la neige, et avait refermé avec précaution la porte derrière lui.

Il ne faut pas conclure, même maintenant, qu'Edmund était suffisamment méchant pour vouloir réellement que son frère et ses sœurs soient changés en pierre. Ce qu'il voulait, c'était manger des loukoums, être prince (puis roi) et prendre sa revanche sur Peter, qui l'avait qualifié de « dégoûtant ». En ce qui concerne le traitement que la Sorcière réserverait aux autres, il ne voulait pas qu'elle soit trop gentille avec eux ni, surtout, qu'elle les mette sur le même plan que lui. Il croyait, ou plutôt il faisait semblant de croire, qu'elle ne leur ferait rien de très méchant, parce que, se disait-il, « tous les gens qui colportent des horreurs à son sujet sont ses ennemis, et la moitié de leurs racontars n'est sans doute pas vraie. Elle a été extrêmement gentille avec moi, beaucoup plus gentille qu'eux, en tout cas ! Et j'espère vraiment qu'elle est la reine légitime. De toute façon, elle sera meilleure que cet horrible Aslan ! » Telle était, tout du moins, l'excuse qu'il se donnait pour justifier sa propre conduite. Ce n'était pas une très bonne excuse, cependant, car, tout au fond de son cœur, il savait pertinemment que la Sorcière blanche était méchante et cruelle.

La première chose qu'il remarqua, une fois dehors, au milieu de la tourmente de neige, c'est qu'il avait oublié son manteau dans la maison des castors. Mais il était absolument impensable de retourner le chercher maintenant. La deuxième chose qu'il remarqua, c'est qu'il faisait très sombre : en effet, il était déjà trois heures lorsqu'ils s'étaient mis à table pour déjeuner, et les journées d'hiver sont courtes. Il n'avait pas pensé à cet inconvénient, mais il fallait bien qu'il s'en arrange. Alors il releva son col et, traînant les pieds, marcha avec prudence sur le sommet du barrage, en direction de l'autre rive (heureusement, c'était moins glissant depuis que la neige était tombée.)

La situation était franchement mauvaise lorsqu'il atteignit la berge. Il faisait de plus en plus noir et, à cause des flocons de neige qui tourbillonnaient dans tous les sens, il voyait à peine à un mètre devant lui. En outre, il n'y avait pas de chemin. À chaque instant, il glissait dans de profondes coulées de neige, dérapait sur des petites mares gelées, butait contre des troncs d'arbres abattus, glissait sur des talus à pic, s'éraflait les tibias contre des rochers, tant et si bien qu'il ne tarda pas à être complètement transi et contusionné.

Le silence et la solitude étaient épouvantables. Et je pense vraiment qu'il aurait renoncé à son plan et serait rentré pour avouer sa faute et faire la paix avec les autres, s'il ne s'était dit soudain : « Lorsque je serai roi de Narnia, la première chose que je ferai sera de construire quelques routes convenables ! » Cette pensée, évidemment, le fit songer à son rêve de royauté, et à toutes les choses qu'il accomplirait, et cela le réconforta considérablement. Il venait juste de décider, en imagination, quelle sorte de palais il habiterait, combien de voitures il aurait, tout ce qui concernait son cinéma privé, le tracé des principales voies ferrées, quelles lois il promulguerait contre les castors et leurs barrages, et il finissait juste d'échafauder quelques plans pour remettre Peter à sa place lorsque, subitement, le temps changea.

D'abord, la neige s'arrêta de tomber. Puis le vent se leva et la température devint glaciale. Finalement, les nuages se dissipèrent et la lune apparut. C'était la pleine lune ; en étincelant sur toute cette neige, elle rendit chaque chose presque aussi claire que le jour ; seules les ombres étaient déroutantes.

Edmund n'aurait jamais trouvé son chemin si la lune n'était pas apparue au moment où il atteignit l'autre rivière – vous vous souvenez qu'il avait vu (en arrivant chez les castors) une rivière plus petite, qui rejoignait la grande dans son cours inférieur. Or il était parvenu à ce confluent et il bifurqua donc pour suivre la petite rivière et remonter son cours. La vallée qu'elle descendait était beaucoup plus escarpée et rocailleuse que celle qu'il venait de quitter, et surtout beaucoup plus encombrée de buissons et de taillis, et il n'aurait certainement pas réussi à s'y frayer un passage dans l'obscurité. Et même à la lumière de la lune, il se mouilla jusqu'aux os, car il devait se baisser pour se faufiler sous des branches, et de lourds paquets de neige lui glissaient sur le dos. Et, chaque fois que cela se produisait, il haïssait un peu plus Peter, comme si c'était de sa faute !

Il finit par arriver dans un endroit au terrain plus égal, où la vallée s'élargissait. Là, de l'autre côté de la rivière, très près de lui, au milieu d'une petite plaine, entre deux collines, il vit ce qui devait être la maison de la Sorcière blanche. La lune brillait d'un éclat plus lumineux que jamais. La maison était en réalité un petit château. Il semblait uniquement composé de tours ; des petites tours coiffées de longues flèches pointues, comme des aiguilles. Elles ressemblaient à d'immenses bonnets d'âne ou encore à des chapeaux de magicien. Elles brillaient au clair de lune et leurs ombres démesurées avaient l'air étrange sur la neige. Edmund commença à avoir peur de la maison.

Mais il était trop tard pour songer à revenir en arrière, maintenant. Il traversa la rivière sur la glace et marcha vers la maison. Rien ne bougeait ; on n'entendait pas le moindre bruit. Ses propres pas étaient parfaitement silencieux sur l'épaisse couche de neige fraîche. Il marcha et marcha et passa devant chaque coin de la maison, et devant chaque tour, afin de trouver la porte d'entrée. Pour y parvenir, il dut contourner le château jusqu'à sa façade la plus éloignée. C'était une voûte immense, dont les hautes portes de fer étaient grandes ouvertes.

Edmund avança furtivement vers la voûte et jeta un regard à l'intérieur de la cour ; là il vit un spectacle qui lui provoqua presque un arrêt du cœur. Juste à l'entrée, dans le clair de lune, était tapi un énorme lion, ramassé sur lui-même comme s'il était prêt à bondir ! Edmund resta dans l'ombre de la voûte, les genoux tremblants, craignant d'avancer et craignant de reculer. Il resta là si longtemps qu'il aurait claqué des dents de froid, s'il n'avait pas déjà claqué des dents de peur. Combien de temps demeura-t-il ainsi ? Je l'ignore, mais pour Edmund, il sembla que cela dura des heures.

À la fin, il commença à se demander pourquoi le lion restait si parfaitement immobile, car il n'avait pas remué d'un centimètre depuis qu'il l'avait aperçu pour la première fois. Edmund s'aventura un peu plus près, tout en restant, autant qu'il le pouvait, dans l'ombre de la voûte. Il se rendit compte alors que, de la façon dont le lion était placé, il n'aurait pas pu le voir. (« Mais supposons qu'il tourne la tête… », pensa-t-il.) En réalité, le lion regardait fixement quelque chose d'autre, en l'occurrence un petit nain, qui lui tournait le dos, à quelques mètres de là. « Ah ! se dit Edmund, lorsqu'il bondira sur le nain, j'aurai une chance de m'échapper. »

Mais le lion ne bougeait toujours pas, ni le nain. Alors seulement, il se rappela ce que les autres avaient raconté à propos de la Sorcière blanche qui, prétendument, changeait les gens en pierre. Peut-être n'était-ce qu'un lion de pierre ? Dès qu'il eut envisagé cette possibilité, il remarqua que le dos du lion ainsi que le sommet de sa tête étaient couverts de neige. Évidemment, ce ne pouvait être qu'une statue ! Aucun animal vivant ne se serait laissé couvrir de neige ! Alors, très lentement, et le cœur battant comme s'il allait éclater, Edmund se risqua vers le lion. Même à présent, il n'osait pas le toucher ; mais, finalement, il tendit la main, et, très vite, l'effleura : il sentit de la pierre froide. Il avait été épouvanté par une simple statue !

Le soulagement qu'éprouva Edmund fut si intense qu'en dépit du froid il se sentit réchauffé jusqu'aux orteils, et en même temps il lui vint à l'esprit une idée qui lui parut tout à fait merveilleuse. « C'est sans doute, pensa-t-il, ce grand lion Aslan, dont ils parlaient tous. Elle l'a déjà attrapé et l'a changé en pierre. *Voici* donc la fin de toutes leurs idées mirifiques à son sujet ! Peuh ! Qui a peur d'Aslan ? »

Et il resta là, à savourer méchamment son triomphe sur le lion de pierre ; puis il fit une chose très sotte et très puérile : il sortit de sa poche un bout de crayon et griffonna une moustache au-dessus de la lèvre supérieure du lion, et une paire de lunettes sur ses yeux. Et il ricana :

– Oh ! là ! là ! Vieil idiot d'Aslan ! Cela t'amuse-t-il d'être en pierre ?

Mais en dépit des gribouillages, la figure de ce grand fauve avait encore l'air si terrible, si triste et si noble, avec son regard fixe, dans le clair de lune, qu'Edmund ne prit aucun plaisir à se moquer de lui. Il s'en détourna et entreprit de traverser la cour.

En arrivant au centre, il vit qu'il était entouré par des douzaines de statues, qui se dressaient, ici et là, comme les pièces sur un échiquier, quand la partie est à moitié disputée. Il y avait des satyres de pierre, et des loups de pierre, et des ours, et des renards, et des chats sauvages, tous en pierre. Il y avait de ravissantes formes de pierre, qui ressemblaient à des femmes, mais qui, en réalité, étaient des fées des arbres. Il y avait la haute silhouette d'un centaure, un cheval ailé, et une longue créature souple, qu'Edmund prit pour un dragon. Ils avaient tous l'air si étrange, parfaitement vivants en apparence, mais parfaitement immobiles, dans le clair de lune étincelant et glacial, que traverser la cour devenait une entreprise mystérieuse, qui faisait frissonner… En plein milieu se dressait une immense forme, qui ressemblait à un homme, mais aussi haute qu'un arbre, avec un visage féroce, une barbe hirsute et une énorme massue dans la main droite. Edmund avait beau savoir qu'il ne s'agissait que d'un géant de pierre et non pas d'un véritable géant, il eut très peur de passer devant lui. Il aperçut alors une faible lueur provenant d'un porche situé à l'autre bout de la cour. Il s'y rendit ; il y avait un escalier de pierre menant à une porte ouverte. Edmund gravit les marches. En travers du seuil était allongé un énorme loup.

« Tout va bien, tout va bien ! se dit-il à plusieurs reprises, ce n'est qu'un loup de pierre. Il ne peut pas me faire mal ! »

Et il leva le pied pour l'enjamber. À cet instant, l'immense créature se redressa, tous les poils de son dos hérissés, ouvrit une énorme gueule rouge et demanda d'une voix tonitruante :

– Qui va là ? Qui va là ? Ne bouge plus, étranger, et dis-moi qui tu es !

– S'il vous plaît, monsieur, répondit Edmund, en tremblant si fort qu'il pouvait à peine parler, je m'appelle Edmund et je suis le fils d'Adam que Sa Majesté a rencontré dans le bois, l'autre jour, et je suis venu lui apprendre que mon frère et mes sœurs se trouvent en ce moment à Narnia, tout près, dans la maison des castors. Elle… elle voulait les voir.

– Je vais avertir Sa Majesté, dit le loup. Pendant ce temps, reste sur le seuil, si tu tiens à la vie.

Puis il disparut dans la maison. Edmund resta là et attendit ; ses doigts lui faisaient mal à cause du froid et son cœur cognait comme un marteau dans sa poitrine ; bientôt le loup gris, Maugrim, chef de la Police secrète de la Sorcière, revint en bondissant et dit :

– Entre ! Entre ! Heureux favori de la reine… ou, peut-être… malheureux…

Edmund entra en faisant très attention de ne pas marcher sur les pattes du loup. Il se retrouva dans un long vestibule lugubre, orné de nombreuses colonnes et encombré, comme l'était la cour, de statues diverses. Tout près de la porte, il y avait la statue d'un petit faune, avec une expression très triste sur son visage, et Edmund ne put s'empêcher de se demander si c'était l'ami de Lucy. La lumière émanait d'une seule lampe à côté de laquelle était assise la Sorcière blanche.

– Je suis venu, Votre Majesté ! s'écria Edmund en se précipitant vers elle.

– Comment oses-tu venir seul ? s'exclama-t-elle d'une voix terrible. Ne t'avais-je pas ordonné d'amener les autres avec toi ?

– S'il vous plaît, Votre Majesté, plaida Edmund, j'ai fait de mon mieux. Je les ai amenés tout près. Ils sont dans la petite maison, au sommet du barrage, un peu plus haut sur la rivière, avec monsieur et madame Castor.

Un sourire cruel se dessina lentement sur la figure de la Sorcière.
– Est-ce là tout ce que tu as à m'apprendre ? demanda-t-elle.
– Non, Votre Majesté, répondit Edmund, et il se mit à lui raconter tout ce qu'il avait entendu avant de quitter la maison des castors.
– Quoi ? Aslan ! s'écria la reine. Aslan ! Est-ce vrai ? Si je découvre que tu m'as menti…
– S'il vous plaît, je répète seulement ce qu'ils ont dit…, balbutia Edmund.
Mais la reine, qui ne l'écoutait plus, claqua des mains. Aussitôt surgit le nain qu'Edmund avait déjà vu avec elle.
– Prépare notre traîneau ! ordonna la Sorcière, et utilise le harnais sans clochettes !

Chapitre 10

L'enchantement commence à se rompre

Maintenant, nous devons retrouver M. et Mme Castor et les trois autres enfants. Aussitôt que M. Castor eut dit : « Il n'y a pas un moment à perdre ! », chacun se ficela dans son manteau, à l'exception de Mme Castor qui commença à ramasser des sacs, qu'elle posa sur la table en disant :

— Allez, monsieur Castor, descends-moi ce jambon ! Et voici un paquet de thé, et voilà du sucre, et puis quelques allumettes ! Et si quelqu'un veut bien sortir deux ou trois miches de pain du panier, là-bas, dans le coin…

— Mais, que faites-vous, madame Castor ? s'exclama Susan.

— Je prépare un paquet pour chacun de nous, ma mignonne, répondit-elle très calmement. Vous n'imaginiez quand même pas que nous partirions en voyage sans rien emporter à manger ?

— Mais nous n'avons pas le temps ! s'écria Susan, en boutonnant le col de son manteau. Elle peut arriver ici d'une minute à l'autre !

— C'est bien ce que je dis ! renchérit M. Castor, qui était du même avis.

— Allons donc ! dit sa femme. Réfléchis bien, monsieur Castor. Elle ne peut pas être là avant un quart d'heure au plus tôt.

— Mais ne vaut-il pas mieux prendre le plus d'avance possible ? demanda Peter, si nous devons atteindre la Table de Pierre avant elle ?

— Il ne faut pas oublier cela, madame Castor, dit Susan. Dès qu'elle sera venue ici et qu'elle aura découvert que nous sommes partis, elle s'en ira à toute allure !

— Certainement, acquiesça Mme Castor. Mais, de toute façon, nous ne pouvons pas arriver là-bas avant elle, car elle sera en traîneau et nous, à pied.

— Il n'y a aucun espoir ? balbutia Susan.

— Voyons, voyons ! Ne vous tracassez pas ! répliqua Mme Castor, mais prenez plutôt une demi-douzaine de mouchoirs propres, dans ce tiroir. Bien sûr que si, nous avons un espoir. Nous ne pouvons pas arriver là-bas avant elle, mais nous pouvons rester sous le couvert des arbres et voyager par des chemins auxquels elle ne pensera pas, et ainsi nous parviendrons peut-être à notre but.

— C'est vrai, madame Castor ! approuva son mari. Mais nous devrions déjà être partis d'ici !

— Toi non plus, monsieur Castor, ne commence pas à te faire du souci ! gronda sa femme. Voilà ! C'est mieux. Il y a cinq paquets, et le plus petit est destiné au plus petit d'entre nous : c'est vous, ma mignonne, précisa-t-elle en regardant Lucy.

– Oh ! S'il vous plaît ! Venez ! implora Lucy.

– Bon ! Je suis presque prête maintenant, répondit enfin Mme Castor, et elle laissa son mari l'aider à enfiler ses snow-boots. J'imagine que ma machine à coudre est trop lourde pour que nous l'emportions ?

– Oui, en effet, dit M. Castor. Vraiment beaucoup trop lourde ! Et tu ne penses tout de même pas que tu pourras t'en servir pendant que nous fuyons, je suppose ?

– Je ne peux pas supporter la pensée que cette sorcière va tripoter ma machine, soupira Mme Castor, et la casser, ou la voler, ce qui est plus que probable…

– Oh ! S'il vous plaît, s'il vous plaît, s'il vous plaît, dépêchez-vous ! crièrent les trois enfants.

Et, finalement, ils sortirent tous de la maison. M. Castor ferma la porte à clef (« Cela la retardera un peu », dit-il), et ils se mirent en route, en portant chacun un sac sur leurs épaules.

Quand ils commencèrent leur voyage, la neige avait cessé de tomber et la lune était apparue. Ils avançaient en file indienne : en tête, M. Castor, puis Lucy, puis Peter, puis Susan, et Mme Castor fermant la marche. M. Castor leur fit traverser le barrage en direction de la rive droite de la rivière ; puis il les mena le long d'une sorte de sentier très accidenté, qui passait parmi les arbres, tout près de la berge de la rivière. Les versants de la vallée, étincelants au clair de lune, les dominaient de chaque côté.

– Il vaut mieux que nous restions le plus bas possible, dit-il. Elle sera obligée de rester là-haut, car on ne peut pas faire descendre un traîneau ici.

Vu à travers une fenêtre et du fond d'un fauteuil confortable, cela aurait été, certes, un spectacle assez beau à contempler ; et, même dans la situation actuelle, Lucy, au début, prit plaisir à regarder autour d'elle. Mais, comme ils continuaient à marcher… et marcher… et marcher, et que le sac qu'elle portait lui semblait de plus en plus lourd, elle commença à se demander comment elle aurait la force de continuer. Et elle cessa de regarder l'éclat aveuglant de la rivière gelée, avec toutes ses cascades de glace, et les masses blanches des cimes des arbres, et l'immense lune éblouissante et les étoiles innombrables, et elle ne quitta plus des yeux les petites pattes courtes de M. Castor, qui avançaient, tap tap tap tap, à travers la neige, devant elle, comme si elles ne devaient plus jamais s'arrêter. Puis la lune disparut et la neige se remit à tomber. À la fin, Lucy était si fatiguée qu'elle marchait en dormant debout ; mais, tout à coup, elle se rendit compte que M. Castor, s'écartant de la rivière, avait viré à droite et que, par une pente raide, il les conduisait vers un taillis extrêmement épais. Et puis, s'éveillant complètement, elle s'aperçut qu'il venait de disparaître au fond d'un petit trou, creusé dans le talus, qui était presque entièrement camouflé par des buissons et que l'on découvrait seulement à l'instant où l'on marchait dessus. Le temps qu'elle comprenne ce qui se passait, il n'y avait plus que la petite queue courte et plate de M. Castor qui dépassait du trou.

Lucy se baissa immédiatement pour ramper derrière lui. Puis elle entendit, dans son dos, le bruit d'une bousculade, des halètements et des soupirs essoufflés et, en un instant, ils se retrouvèrent tous les cinq à l'intérieur.

– Où sommes-nous ? demanda la voix de Peter qui, dans l'obscurité, avait une sonorité pâle et fatiguée. (J'espère que vous comprenez ce que je veux dire par une voix à la sonorité pâle…)

– C'est une vieille cachette que les castors utilisent en période de danger, expliqua M. Castor. C'est une cachette très secrète. Elle n'est pas très confortable, mais il faut absolument que nous dormions quelques heures.

– Si vous n'aviez pas tous fait tant d'histoires au moment de partir, j'aurais apporté quelques oreillers, remarqua Mme Castor.

Ce n'était pas du tout une jolie caverne comme celle de M. Tumnus, estima Lucy, mais juste un trou bien sec creusé dans la terre. Il était fort étroit et, pour cette raison, lorsqu'ils s'y furent tous étendus, ils formèrent ensemble un gros paquet de fourrure et de vêtements ; serrés ainsi les uns contre les autres, et réchauffés par leur longue marche, ils se sentirent vraiment assez confortables. Si seulement le sol de la caverne avait été un peu plus moelleux ! Mme Castor tendit à la ronde, dans l'obscurité, une petite gourde, à laquelle chacun but un liquide qui faisait tousser et cracher et qui piquait la gorge mais qui, en même temps, procurait une délicieuse sensation de chaleur après qu'on l'eut avalé ; puis tout le monde s'endormit profondément.

Il sembla à Lucy qu'une minute seulement s'était écoulée (alors qu'en réalité il s'était passé des heures) lorsqu'elle s'éveilla, en ayant un peu froid, de terribles courbatures et un grand désir de prendre un bain brûlant. Puis elle sentit de longues moustaches lui chatouiller la joue et aperçut une lumière froide qui filtrait par l'ouverture de la caverne. Un instant plus tard, elle se sentit complètement réveillée, et vit que les autres l'étaient également : ils étaient tous assis, la bouche bée et les yeux écarquillés, et ils écoutaient un bruit, qui était justement le bruit auquel ils n'avaient cessé de penser, pendant qu'ils marchaient, la nuit précédente et que, parfois même, ils avaient imaginé entendre… C'était en fait un tintement de clochettes.

Dès qu'il l'entendit, M. Castor sortit de la grotte comme un éclair. Vous trouvez sans doute, comme Lucy le pensa quelques instants, que c'était complètement stupide d'agir de la sorte ? Mais, en fait, c'était très raisonnable. M. Castor savait qu'il pouvait monter jusqu'au sommet de la berge, parmi les buissons et les ronces, sans être vu ; et il voulait absolument voir de quel côté se dirigeait le traîneau de la Sorcière. Les autres attendaient, dans l'incertitude, assis au fond de la grotte. Leur attente dura cinq minutes environ. Puis ils entendirent quelque chose qui les effraya énormément. Ils entendirent des voix. « Oh ! pensa Lucy, il a été vu. Elle l'a attrapé ! » Quelle ne fut pas leur surprise lorsque, quelques instants plus tard, ils reconnurent la voix de M. Castor, qui les appelait depuis l'entrée de la grotte.

– Tout va bien ! criait-il. Sors, madame Castor ! Sortez, fils et filles d'Adam ! Tout va bien ! Ce n'est pas *elle* !

Alors Mme Castor et les enfants sortirent en se bousculant de la grotte, clignant des paupières devant la lumière du jour, et les yeux encore bouffis de sommeil ; ils étaient tous saupoudrés de terre, chiffonnés et complètement décoiffés.

– Venez ! cria M. Castor, qui dansait presque de joie. Venez voir ! C'est un mauvais coup pour la Sorcière. On dirait que son pouvoir commence à s'effriter !

– Que voulez-vous dire, monsieur Castor ? demanda Peter, en haletant, tandis qu'ils gravissaient ensemble la pente abrupte de la vallée.

– Ne vous avais-je pas dit, répondit M. Castor, qu'elle faisait durer toujours l'hiver, mais que Noël n'arrivait jamais ? Ne vous l'avais-je pas dit ? Eh bien, venez voir !

Ils arrivèrent tous au sommet et ils virent ! *C'était* un traîneau et *c'étaient* des rennes, avec des clochettes sur leur harnais. Mais ils étaient beaucoup plus grands que les rennes de la Sorcière et, au lieu d'être blancs, ils étaient bruns. Et sur le traîneau était assis quelqu'un que chacun reconnut immédiatement. C'était un homme immense, vêtu d'une robe d'un rouge vif et brillant, semblable à celui des boules de houx, avec un capuchon doublé de fourrure, et une grande barbe blanche, qui tombait comme une cascade écumeuse sur sa poitrine. Chacun le reconnut parce que, s'il faut aller à Narnia pour rencontrer des gens comme lui, on voit des images d'eux, et on entend raconter des histoires à leur sujet même dans notre monde, c'est-à-dire dans le monde qui est de ce côté de la porte de l'armoire. Mais quand on les voit réellement, à Narnia, c'est un peu différent. Les images du Père Noël, dans notre monde, lui donnent seulement l'air comique et amusant. Mais maintenant que les enfants le contemplaient effectivement, ils le trouvèrent autre. Il était si grand, il paraissait si heureux et si vrai, qu'ils cessèrent tous de parler. Ils se sentirent très heureux, mais aussi très graves.

– J'ai fini par venir ! dit-il. Il y a longtemps qu'elle m'empêche d'entrer, mais j'y suis parvenu enfin. Aslan arrive… Le pouvoir magique de la Sorcière est en train de s'affaiblir.

Et Lucy se sentit parcourue par ce profond frisson de joie que l'on éprouve seulement quand on est grave et silencieux.

– À présent, dit le Père Noël, voyons vos cadeaux ! Pour vous, madame Castor, voici une nouvelle machine à coudre, plus perfectionnée que l'ancienne. Je la déposerai dans votre maison en passant.

– C'est trop aimable, monsieur, dit Mme Castor, en faisant une révérence. Mais la porte est fermée à clef.

– Ni les serrures ni les verrous ne me dérangent, affirma le Père Noël. Quant à vous, monsieur Castor, lorsque vous rentrerez dans votre maison, vous trouverez votre barrage terminé, réparé, toutes les fuites colmatées et une nouvelle écluse installée.

M. Castor était si content qu'il ouvrit une large bouche et puis ne sut plus quoi dire.

– Peter, fils d'Adam, appela le Père Noël.

– Présent, monsieur, dit Peter.

– Voici tes cadeaux, fut la réponse, ce ne sont pas des jouets, mais des outils. Le moment de s'en servir est peut-être très proche. Prends-en soin.

À ces mots, il lui tendit un bouclier et une épée. Le bouclier était de couleur argent ; en travers, il y avait un lion rampant d'un rouge éclatant, aussi rouge qu'une fraise mûre au moment où on la cueille. L'épée avait une garde en or, un fourreau, un ceinturon et tout ce qui était nécessaire ; elle était de la bonne taille, et elle avait juste le bon poids pour que Peter puisse la manier aisément. Peter était silencieux et grave en recevant ces présents, car il sentait que c'était un cadeau extrêmement important.

– Susan, fille d'Ève, dit le Père Noël, voici pour toi, et il lui tendit un arc et un carquois rempli de flèches, ainsi qu'une petite trompe en ivoire.

– Tu ne dois te servir de l'arc qu'en cas de grande nécessité, recommanda-t-il, car je ne tiens pas à ce que tu combattes. Il manque rarement son but. Quand tu porteras cette trompe à tes lèvres et que tu en sonneras, eh bien, où que tu sois, je pense que, d'une manière ou d'une autre, tu recevras de l'aide.

Et enfin il dit :

– Lucy, fille d'Ève, et Lucy s'avança.

Il lui remit une petite bouteille, qui paraissait être en verre (mais des gens prétendirent plus tard qu'elle était taillée dans du diamant) et un petit poignard.

– Dans cette bouteille, dit-il, il y a un cordial fait avec le suc de l'une des fleurs de feu, qui poussent dans les montagnes du soleil. Si toi ou l'un de tes amis êtes blessés, quelques gouttes de ce liquide vous rétabliront. Et le poignard te servira à te défendre en cas de danger extrême. Car toi non plus tu ne dois pas te trouver dans la bataille.

– Pourquoi, monsieur ? demanda Lucy. Je pense… je me trompe peut-être… mais je pense que j'aurais suffisamment de courage.

– Ce n'est pas la question, dit-il, mais les batailles sont très laides quand les femmes combattent. Et maintenant – soudain il eut l'air moins grave – voici quelque chose pour tout de suite, et pour vous tous !

Et il sortit (je suppose du grand sac qu'il portait sur le dos, mais personne ne vit exactement ce qu'il fit), il sortit donc un grand plateau sur lequel étaient disposées cinq tasses avec leurs soucoupes, une coupe remplie de morceaux de sucre, une jatte de crème et une énorme théière bouillante dont l'eau chantait. Puis il s'écria :

– Joyeux Noël ! Vive le roi !

Il claqua son fouet et disparut, avec ses rennes et son traîneau, avant même que quiconque ait compris qu'il était parti.

Peter venait de tirer son épée du fourreau et il la montrait à M. Castor lorsque Mme Castor s'écria :

– Voyons ! Voyons ! Ne restez pas plantés là à parler jusqu'à ce que le thé soit froid ! Comme des hommes ! Venez m'aider à descendre ce plateau dans la grotte, et nous allons prendre notre petit déjeuner. Heureusement que j'ai pensé à apporter le couteau à pain !

C'est ainsi qu'ils redescendirent la pente raide et retournèrent dans la grotte ; M. Castor coupa du pain, du jambon et fit des sandwichs tandis que Mme Castor versait le thé, et chacun savoura pleinement ce bon moment. Mais bien avant que les réjouissances ne soient terminées, M. Castor déclara :

– Il est temps de continuer notre route maintenant !

Chapitre 11

Aslan se rapproche

Edmund, pendant ce temps, n'avait connu que de cruels désappointements. Après que le nain fut parti préparer le traîneau, il avait espéré que la Sorcière deviendrait gentille avec lui, comme elle l'avait été lors de leur dernière rencontre. Mais elle ne dit pas un mot. Et lorsque finalement Edmund rassembla tout son courage pour demander :

– S'il vous plaît, Votre Majesté, pourrais-je avoir quelques loukoums ? Vous… vous… aviez dit…

Elle répondit :

– Silence ! Idiot !

Puis elle parut changer d'avis et murmura, surtout pour elle-même :

– Pourtant, cela ne fera pas mon affaire si ce mioche défaille en chemin…

Et, une nouvelle fois, elle claqua des mains. Un autre nain apparut.

– Apporte à la créature humaine de la nourriture et de la boisson, ordonna-t-elle.

Le nain partit et revint bientôt avec un bol en fer rempli d'eau, et une assiette en fer sur laquelle était posé un quignon de pain sec. Il sourit d'une manière repoussante et, posant les plats sur le sol à côté d'Edmund, il ricana :

– Des loukoums pour le petit prince ! Ah ! Ah ! Ah !

– Remportez-les ! dit Edmund d'un air boudeur. Je ne veux pas de pain sec !

Mais la sorcière se tourna brusquement vers lui avec une expression si terrible sur son visage qu'Edmund s'excusa et commença à grignoter le pain, bien qu'il fût tellement rassis qu'il pouvait à peine l'avaler.

– Contente-toi de ce pain, tu n'en auras pas de sitôt, dit la Sorcière.

Il était encore en train de mastiquer quand le premier nain revint et annonça que le traîneau était prêt. La Sorcière blanche se leva pour sortir et somma Edmund de la suivre. En arrivant dans la cour, ils constatèrent que la neige s'était remise à tomber, mais la reine n'y prêta aucune attention et fit asseoir Edmund à côté d'elle sur le traîneau. Avant de partir, elle appela Maugrim, qui arriva auprès du traîneau en bondissant comme un énorme chien.

– Prends avec toi le plus rapide de tes loups et file à la maison des castors, dit la sorcière, et tue tout ce que tu trouveras là ! S'ils sont déjà partis, alors rends-toi le plus vite possible à la Table de Pierre, mais ne te montre pas. Attends-moi là en te cachant. Pour ma part, je serai obligée de faire plusieurs kilomètres vers l'ouest avant de trouver un endroit où passer la rivière avec mon traîneau. Il se peut que tu rattrapes ces Êtres humains avant qu'ils n'atteignent la Table de Pierre. Tu sais ce qu'il faut faire si tu les trouves !

– J'entends et j'obéis, ô reine ! grogna le loup.

Aussitôt il s'élança et disparut dans la neige et l'obscurité, aussi vite qu'un cheval au galop. Quelques minutes plus tard, il avait fait venir un autre loup et, ensemble, ils descendirent à toute allure, par le barrage, vers la maison des castors, qu'ils flairèrent et reniflèrent avec insistance. Bien entendu, ils la trouvèrent vide. Cela aurait été une vraie calamité pour les castors et pour les enfants si la nuit était restée belle, car les loups auraient pu suivre leurs traces et les surprendre avant qu'ils n'arrivent à la petite grotte. Mais puisque la neige s'était remise à tomber, leur piste s'était refroidie, et les empreintes de leurs pas, effacées.

Pendant ce temps, le nain avait donné un coup de fouet aux rennes ; la Sorcière et Edmund passèrent en traîneau sous la voûte, sortirent de l'enceinte du château et s'enfoncèrent dans l'obscurité et le froid. Ce fut un voyage affreux pour Edmund, qui n'avait pas de manteau. En moins d'un quart d'heure, il fut complètement couvert de neige… et il renonça bientôt à s'en débarrasser, car, à peine s'était-il secoué, qu'une nouvelle couche s'entassait sur lui, et il était tellement fatigué… Il fut donc rapidement trempé jusqu'aux os. Et comme il se sentait malheureux ! Apparemment, la Sorcière ne semblait plus du tout avoir l'intention de le faire roi. Tout ce qu'il s'était dit, pour se forcer à croire qu'elle était bonne et gentille, et que son parti était vraiment le bon parti, lui paraissait désormais stupide. Il aurait donné n'importe quoi pour rencontrer les autres à ce moment, même Peter ! La seule façon de se réconforter était d'essayer de croire que toute cette histoire n'était qu'un rêve, dont il pourrait s'éveiller d'un instant à l'autre. Et tandis qu'ils poursuivaient leur course, pendant des heures et des heures, tout lui parut effectivement se dérouler comme dans un rêve.

Je ne saurais dépeindre la durée de ce voyage, même si j'écrivais, pour ce faire, des pages et des pages. Je veux sauter directement au moment où la neige s'était arrêtée, le jour, levé, et où ils filaient à toute allure dans la lumière matinale.

Ils continuaient leur course interminable et monotone, sans autre bruit que l'éternel crissement de la neige et le craquement du harnais des rennes. Et puis, finalement, la Sorcière s'écria :

– Que se passe-t-il ici ? Halte ! Et ils s'arrêtèrent.

De tout son cœur, Edmund espérait qu'elle parlerait de petit déjeuner ! Mais elle s'était arrêtée pour une raison bien différente. Un peu plus loin, au pied d'un arbre, se trouvait réunie une joyeuse compagnie : un écureuil, sa femme et leurs enfants, ainsi que deux satyres, un nain et un vieux renard ; ils étaient tous assis sur des tabourets autour d'une table. Edmund ne pouvait pas très bien voir ce qu'ils mangeaient, mais l'odeur en était délicieuse ; et puis il y avait, semble-t-il, des décorations de houx, et il se demandait même s'il n'apercevait pas quelque chose qui ressemblait à un pudding de Noël aux raisins. Au moment où le traîneau s'immobilisa, le renard, qui était manifestement le personnage le plus âgé de l'assemblée, venait juste de se lever, en tenant un verre dans sa patte droite, comme s'il avait l'intention de dire quelque chose. Mais lorsque la compagnie vit le traîneau s'arrêter, et reconnut qui se trouvait à l'intérieur, toute gaieté disparut des visages. Le papa écureuil cessa de manger

et resta la fourchette en l'air ; l'un des satyres se figea, la fourchette enfoncée dans sa bouche ; et les bébés écureuils, terrorisés, poussèrent des cris aigus et perçants.

– Que signifie ceci ? demanda la reine.

Personne ne répondit.

– Parlez, vermine ! ordonna-t-elle. Ou préférez-vous que mon nain vous délie la langue avec son fouet ? Que signifient toute cette gloutonnerie, ce gaspillage, ces gâteries ? Où avez-vous trouvé toutes ces bonnes choses ?

– S'il vous plaît, Votre Majesté, répondit le renard, on nous les a données. Et si je pouvais me permettre de boire à la très bonne santé de Votre Majesté…

– Qui vous les a données ? hurla la Sorcière.

– Le… le… le Père Noël…, bégaya le renard.

– Quoi ? rugit la sorcière, sautant de son siège et s'approchant à grandes enjambées des animaux terrifiés.

– Il n'est pas venu ici ! Il ne peut pas avoir été ici ! Comment osez-vous ? Mais non… Dites que vous avez menti et vous serez pardonnés, même maintenant !

À cet instant, l'un des jeunes écureuils perdit complètement la tête.

– Il est venu ! Il est venu ! Il est venu ! cria-t-il, de sa petite voix aiguë, en martelant la table avec sa petite cuiller.

Edmund vit la Sorcière se mordre les lèvres si fort qu'une goutte de sang perla sur sa joue blanche. Puis elle leva sa baguette.

– Oh ! non, non, s'il vous plaît, non ! cria Edmund, mais alors même qu'il était en train de crier, elle avait agité sa baguette et, instantanément, là où il y avait eu une joyeuse assemblée, il ne resta plus que des statues de créatures assises autour d'une table de pierre, sur laquelle étaient posés des assiettes de pierre et un gâteau de Noël en pierre (et l'une de ces créatures garderait, pour toujours, sa fourchette de pierre levée vers sa bouche de pierre…).

– Quant à toi ! cria la sorcière, en donnant à Edmund un coup étourdissant sur le visage, tandis qu'elle remontait sur son traîneau, que cela t'apprenne à demander des faveurs pour les espions et les traîtres ! En avant !

Et Edmund, pour la première fois dans cette histoire, eut pitié de quelqu'un d'autre que lui-même. Cela lui semblait tellement navrant de penser à ces petites créatures de pierre, assises là-bas, tout au long de journées silencieuses, et tout au long de nuits obscures, pendant des années et des années, jusqu'à ce que la mousse les recouvre et que, finalement, leur visage s'effrite…

À présent, ils avaient repris leur course monotone. Edmund remarqua bientôt que la neige, qui rejaillissait à leur passage contre les bords du traîneau, était beaucoup plus molle que lors de la nuit passée. Au même moment, il s'aperçut qu'il avait nettement moins froid. Et puis, voilà que du brouillard commençait à se lever. En fait, de minute en minute, le brouillard s'épaississait et la température s'élevait. Et le traîneau ne glissait plus aussi bien qu'auparavant. Tout d'abord, Edmund pensa que les rennes étaient fatigués, mais il comprit bientôt que ce n'était pas la vraie raison. Le traîneau avançait par saccades, faisait des embardées et ne cessait de bringuebaler comme s'il avait heurté des pierres. Le nain avait beau fouetter les pauvres rennes, le traîneau avançait de plus en plus lentement. Et puis il y avait aussi, semble-t-il, un bruit étrange, une rumeur, qui se propageait tout autour d'eux ; mais le fracas de leur conduite cahotante, mêlé aux cris du nain qui houspillait les rennes, empêcha Edmund d'entendre ce que c'était, jusqu'au moment où le traîneau s'enlisa si brutalement qu'il lui fut tout à fait impossible, cette fois, de continuer. Quand cet accident se produisit, il y eut un moment de silence. Et, dans ce silence, Edmund put enfin écouter l'autre bruit. C'était un bruit étrange et mélodieux, à la fois bruissement et babillage – et pourtant, il n'était pas si étrange, car Edmund l'avait déjà entendu… si seulement il pouvait se rappeler où ! Et puis soudain, il se rappela. C'était le bruit de l'eau qui coule ! Tout autour d'eux, même si on ne les voyait pas, il y avait des rivières qui babillaient, murmuraient, glougloutaient, clapotaient et même, dans le lointain, grondaient. Et son cœur bondit (bien qu'il ne sût pas très bien pourquoi) quand il comprit que le gel était terminé. Et, beaucoup plus près, il y avait de l'eau qui tombait, goutte à goutte, des branches de tous les arbres. Et puis, alors qu'il regardait un arbre, il remarqua un gros paquet de neige qui s'en détachait et glissait à terre et, pour la première fois depuis qu'il était entré à Narnia, il vit la couleur vert foncé d'un sapin. Mais il n'eut pas le temps d'écouter, ni d'observer plus longtemps, car la Sorcière lui cria :

– Ne reste pas assis, les bras ballants, idiot ! Descends nous aider !

Edmund fut naturellement obligé d'obéir. Il descendit dans la neige – c'était vraiment de la neige à moitié fondue, maintenant – et il se mit à aider le nain à sortir le traîneau de l'ornière boueuse dans laquelle il s'était embourbé. Ils finirent par l'en dégager ; puis, en étant très brutal avec les rennes, le nain réussit à les faire repartir et, pour quelque temps encore, ils continuèrent leur route.

Désormais, la neige fondait pour de bon et, de tous côtés, apparaissaient peu à peu des plaques d'herbe verte. À moins d'avoir contemplé un monde enneigé aussi longtemps que l'avait fait Edmund, vous ne pouvez pas imaginer l'immense soulagement que lui apporta, après tant de blanc, la vue de ces miraculeuses taches vertes.

Le traîneau s'arrêta de nouveau.

– C'est inutile de continuer, Votre Majesté, annonça le nain. Nous ne pouvons plus avancer en traîneau avec ce dégel !

– Alors, nous devons marcher ! décida la Sorcière.

– Nous ne les rattraperons jamais en marchant, grogna le nain. Pas avec l'avance qu'ils ont prise !

– Es-tu mon conseiller ou mon esclave ? coupa la Sorcière. Fais ce que je te dis ! Attache les mains de la créature humaine derrière son dos et ne lâche pas le bout de la corde. Et prends ton fouet ! Et coupe le harnais des rennes : ils retrouveront tout seuls le chemin de la maison !

Le nain obéit et, en quelques minutes, Edmund se retrouva forcé de marcher aussi vite qu'il le pouvait, avec ses mains attachées derrière son dos. Il ne cessait de glisser sur la neige fondue, la boue et l'herbe détrempée ; et, chaque fois qu'il glissait, le nain lui décochait un juron et, parfois même, un léger coup de fouet. La Sorcière marchait derrière le nain et n'arrêtait pas de dire :

– Plus vite ! Plus vite !

À chaque instant, les parcelles de verdure s'élargissaient et les parcelles de neige rétrécissaient. À chaque instant, des arbres plus nombreux secouaient leur robe de neige. Bientôt, de quelque côté que l'on regardât, au lieu de formes blanches, on voyait le vert foncé des sapins, ou les ramures noires et hérissées des chênes, des hêtres et des ormes dépouillés de leur feuillage. Puis la brume s'illumina d'or et finit par se dissiper entièrement. Le soleil darda ses délicieux rayons sur le sol de la forêt et là-haut, entre les cimes des arbres, on aperçut le ciel tout bleu.

Et bientôt se produisirent des choses plus merveilleuses encore. À un détour du chemin, ils pénétrèrent soudain dans une clairière bordée de bouleaux blancs et Edmund vit que le sol était constellé, à perte de vue, de petites fleurs jaunes, des éclaires, ou chélidoines. Le bruit de l'eau s'amplifia ; et peu après, ils traversèrent un fleuve. Sur l'autre rive, ils trouvèrent des perce-neige qui poussaient.

– Occupe-toi de ce qui te regarde ! grogna le nain, en voyant qu'Edmund avait tourné la tête pour les regarder ; et il tira rageusement sur la corde.

Mais, évidemment, cela n'empêcha pas Edmund de voir. Cinq minutes plus tard, à peine, il remarqua une douzaine de crocus, dorés, pourpres et blancs, qui poussaient au pied d'un vieil arbre. Puis retentit un bruit plus charmant encore que le bruit de l'eau : tout près du sentier qu'ils suivaient, un oiseau, soudain, gazouilla sur la branche d'un arbre. Le rire d'un autre oiseau, un peu plus loin, lui fit écho. Et puis, comme si cela avait été un signal, l'air fut empli de babillages et de gazouillis puis, momentanément, d'un chant continu, modulé à plein gosier. En l'espace de quelques minutes, le bois tout entier résonna de la musique des oiseaux ; et, de tous côtés, Edmund apercevait des oiseaux qui se posaient sur des branches, planaient dans les airs, se pourchassaient, se querellaient ou nettoyaient leurs plumes avec leur bec.

– Plus vite ! Plus vite ! commanda la Sorcière.

Il n'y avait plus une seule trace de brouillard. Le ciel devenait de plus en plus bleu, de rapides nuages blancs le traversaient de temps en temps. Les larges clairières étaient fleuries de primevères. Une brise légère se leva : elle éparpilla les gouttelettes d'humidité des branches qu'elle balançait et caressa le visage des voyageurs de son souffle frais et parfumé. Les arbres reprirent vie. Les mélèzes et les bouleaux se couvrirent de vert, les cytises, d'or. Bientôt, les hêtres eurent retrouvé leur parure de feuilles transparentes et délicates. Et quand les voyageurs passèrent sous leurs branches, la lumière elle-même devint verte. Une abeille traversa en bourdonnant leur sentier.

– Ce n'est pas le dégel, dit le nain, en s'arrêtant soudain. C'est le *printemps*. Qu'allons-nous faire ? Votre hiver a été détruit, je vous le dis ! C'est l'œuvre d'Aslan.

– Si l'un d'entre vous prononce encore ce nom, dit la Sorcière, il sera tué sur-le-champ !

Chapitre 12

LE PREMIER COMBAT DE PETER

Tandis que le nain et la Sorcière blanche parlaient ainsi, les castors et les enfants, à des kilomètres de là, continuaient à marcher au milieu de ce qui leur paraissait un rêve délicieux. Il y a longtemps qu'ils avaient abandonné leurs manteaux derrière eux. Et, à présent, ils avaient même cessé de se dire les uns aux autres :
– Regardez ! Voici un martin-pêcheur !
– Pas possible, des jacinthes !
– Quel est ce parfum exquis ?
– Écoutez cette grive !

Ils marchaient en silence et s'imprégnaient de tout ce qui les entourait ; ils traversaient des parties chaudement ensoleillées, pénétraient sous le couvert de frais halliers reverdis pour sortir de nouveau dans de larges clairières parsemées de mousse, où des ormes immenses élançaient très haut leur voûte feuillue ; ils se frayaient ensuite un chemin dans les épais buissons de groseilliers en fleur et parmi les haies d'aubépines, dont le parfum suave et sucré était presque trop capiteux.

Ils avaient été aussi surpris qu'Edmund en voyant que l'hiver disparaissait et qu'en l'espace de quelques heures le bois tout entier passait du mois de janvier au mois de mai. Contrairement à la Sorcière, ils n'étaient pas certains que ce phénomène se produirait lorsque Aslan reviendrait à Narnia. Mais ils savaient tous que c'étaient les sorts jetés par la Sorcière qui avaient causé cet hiver interminable ; par conséquent ils surent tous, dès que commença ce printemps magique, que quelque chose s'était détérioré, et gravement détérioré, dans ses machinations. Et, comme le dégel durait déjà depuis un certain temps, ils comprirent que la Sorcière ne pourrait plus utiliser son traîneau. À partir de ce moment, ils se hâtèrent moins et se permirent des haltes plus nombreuses et plus longues. Car, c'est bien naturel, ils étaient passablement fatigués maintenant ; mais, ce n'était pas ce que j'appellerais une fatigue amère. Ils étaient simplement alanguis, et ils se sentaient rêveurs et silencieux, comme c'est souvent le cas à la fin d'une longue journée en plein air. Susan avait une petite ampoule au talon.

Ils avaient cessé de longer la grande rivière depuis quelque temps ; car il faut tourner un peu à droite (c'est-à-dire un peu vers le sud) pour atteindre l'emplacement de la Table de Pierre. Même si leur itinéraire n'avait pas nécessité ce changement de direction, ils n'auraient pas pu rester près du lit de la rivière, une fois le dégel amorcé, car, avec la fonte des neiges, elle fut bientôt en crue

– transformée en un magnifique torrent jaune, qui grondait comme le tonnerre –, et leur sentier aurait été submergé.

Le soleil, à présent, baissait, la lumière s'empourprait, les ombres s'allongeaient et les fleurs commençaient à se fermer.

– Nous ne sommes plus loin, désormais, annonça M. Castor.

Et il les fit grimper, par une sente couverte de mousse épaisse et élastique (ce qui était très agréable pour leurs pieds fatigués), vers un lieu où ne poussaient que des arbres immenses et très espacés. L'escalade, survenant à la fin d'une longue journée, les fit tous haleter et souffler. Au moment où Lucy se demandait si elle pourrait vraiment arriver en haut, sans faire une nouvelle et longue halte pour se reposer, ils se retrouvèrent soudain au sommet. Et voici ce qu'ils virent.

Ils étaient sur un plateau herbu et dégagé, d'où l'on pouvait observer la forêt qui s'étendait, à perte de vue, dans toutes les directions, sauf en face de soi. Là, loin à l'est, il y avait quelque chose qui scintillait et qui remuait.

– Regarde ! murmura Peter à l'oreille de Susan. La mer !

Juste au milieu du plateau se trouvait la Table de Pierre. C'était une immense dalle sinistre de pierre grise, posée sur quatre pierres verticales. Elle avait l'air très vieille ; et elle était couverte d'inscriptions, lignes et dessins étranges, qui pouvaient être les lettres d'une langue inconnue. On éprouvait un sentiment bizarre à les regarder.

Les enfants aperçurent ensuite un pavillon, dressé sur l'un des côtés du plateau. Un magnifique pavillon – surtout en ce moment où il était embrasé par la lumière du soleil couchant – avec de belles tentures jaunes, qui semblaient être en soie, des cordes pourpres et des piquets d'ivoire. Fixée à une hampe, très haut au-dessus du pavillon, une bannière armoriée, portant un lion rampant écarlate, flottait au gré de la brise qui venait de la mer et soufflait sur leur visage. Tandis qu'ils regardaient la bannière, ils entendirent, sur leur droite, un air de musique ; se tournant alors dans cette direction, ils virent ce qu'ils étaient venus voir.

Aslan se tenait au centre d'une foule de créatures qui s'étaient groupées autour de lui en formant un croissant de lune. Il y avait des femmes des arbres et des femmes des sources (des dryades et des naïades, comme on les appelle dans notre monde), qui portaient des instruments à cordes ; c'étaient elles qui avaient joué de la musique. Il y avait quatre énormes centaures. Par leur partie cheval, ils ressemblaient aux puissants chevaux de ferme anglais, et par leur partie homme, à de sévères mais beaux géants. Il y avait aussi une licorne et un taureau avec une tête d'homme, un pélican, un aigle et un immense chien. Et, à côté d'Aslan, se tenaient deux léopards, l'un portant sa couronne, et l'autre, son étendard.

Pour en revenir à Aslan, les castors et les enfants ne surent ni quoi faire, ni quoi dire, lorsqu'ils le virent. Les personnes qui n'ont jamais été à Narnia ne pensent pas qu'une chose puisse être bonne et terrible à la fois. Si les enfants avaient jamais eu pareille pensée, ils en furent guéris à l'instant. Car, lorsqu'ils essayèrent de regarder le visage d'Aslan, ils ne firent qu'entrevoir l'éclat de sa crinière d'or, et ses grands yeux majestueux, solennels et accablants ; puis ils se rendirent compte qu'ils ne pouvaient plus le regarder et qu'ils tremblaient.

— Avancez ! chuchota M. Castor.

— Non, murmura Peter, vous le premier !

— Pas du tout, les fils d'Adam avant les animaux ! répondit-il en chuchotant.

— Susan ! souffla Peter. Et toi ? Les dames d'abord !

— Non ! Tu es l'aîné ! rétorqua Susan.

Bien entendu, plus ils hésitaient, plus ils se sentaient mal à l'aise. Finalement, Peter comprit que c'était à lui d'agir. Il tira son épée, la leva pour le salut et, soufflant rapidement aux autres : « Venez ! Remettez-vous ! », il s'avança vers le lion et dit :

— Nous sommes venus, Aslan.

— Bienvenue à toi, Peter, fils d'Adam, dit Aslan. Bienvenue à vous, Susan et Lucy, filles d'Ève. Bienvenue, monsieur et madame Castor !

Sa voix était profonde et riche et, d'une manière inexplicable, elle fit disparaître leur nervosité. Ils se sentaient maintenant heureux et calmes et cela ne leur semblait plus du tout embarrassant de rester là, debout, sans rien dire.

— Mais où est le quatrième ? demanda-t-il.

— Il a essayé de les trahir et a rejoint la Sorcière blanche, ô Aslan, répondit M. Castor.

Et alors quelque chose poussa Peter à ajouter :

— C'était en partie ma faute, Aslan. J'étais en colère contre lui et je pense que cela l'a incité à faire fausse route.

Et Aslan ne dit rien, ni pour excuser Peter, ni pour le blâmer, mais il continua à le fixer de ses grands yeux impassibles. Et il leur sembla à tous qu'il n'y avait, effectivement, rien à dire.

– S'il vous plaît, Aslan, reprit Lucy, peut-on faire quelque chose pour sauver Edmund ?

– Tout sera mis en œuvre, répondit-il. Mais cela risque d'être plus difficile que vous ne le pensez.

Puis il resta de nouveau silencieux quelques instants. Jusqu'à ce moment, Lucy avait pensé que son visage avait l'air extrêmement majestueux, puissant et pacifique ; à présent, ce qui la frappa, c'est qu'il avait également l'air triste. Le lion secoua sa crinière et, frappant ses pattes l'une contre l'autre (« Elles seraient terrifiantes, pensa Lucy, s'il ne savait pas faire patte de velours… »), il déclara :

– En attendant, préparons le festin. Mesdames, menez ces filles d'Ève dans le pavillon, et occupez-vous d'elles !

Lorsque les filles furent parties, Aslan posa sa patte – et, bien qu'elle fût de velours, elle était néanmoins très lourde – sur l'épaule de Peter et il lui dit :

– Viens, fils d'Adam, je vais te montrer, de loin, le château où tu dois être roi.

Et Peter, qui tenait toujours son épée nue à la main, accompagna le lion à l'extrémité est du plateau. Là, un magnifique spectacle s'offrit à leurs yeux. Le soleil se couchait derrière leur dos ; ce qui signifiait que tout le paysage, à leurs pieds, baignait dans la lumière du soir : la forêt, les vallées et, s'éloignant en ondulant comme un serpent d'argent, la grande rivière dans son cours inférieur. Au-delà, à des kilomètres, il y avait la mer, et au-delà de la mer, le ciel constellé de nuages, qui se coloraient en rose par la réflexion des rayons du soleil couchant. Juste à l'endroit où la terre de Narnia rencontrait la mer, plus précisément à l'embouchure de la grande rivière, il y avait, sur une petite colline, quelque chose qui étincelait. Qui étincelait parce que c'était un château et que, naturellement, la lumière du soleil était renvoyée par toutes les fenêtres qui regardaient vers Peter et le couchant ; mais Peter trouvait que ce château ressemblait à une immense étoile posée sur le rivage de la mer.

– ô Homme, dit Aslan, voici Cair Paravel aux quatre trônes, et sur l'un d'eux tu dois siéger en tant que roi. Je te le montre, parce que tu es l'aîné et que tu seras le grand roi, qui régnera sur tous les autres.

À nouveau, Peter demeura silencieux. À cet instant, un bruit étrange brisa le silence. Cela rappelait le son d'un clairon, mais en plus riche.

– Peter, c'est la trompe de ta sœur, dit Aslan à voix basse, si basse qu'elle n'était plus qu'un ronronnement (si l'on peut se permettre d'imaginer un lion ronronnant).

Durant quelques instants, Peter ne comprit pas ce qui se passait. Mais, lorsqu'il vit toutes les autres créatures se jeter en avant, et qu'il entendit Aslan clamer, en agitant sa patte : « Revenez ! Et que le prince fasse ses preuves ! », il comprit enfin et s'élança aussi vite qu'il le put vers le pavillon. Là, il vit un horrible spectacle.

Les naïades et les dryades fuyaient dans toutes les directions. Lucy courait vers lui aussi rapidement que le lui permettaient ses petites jambes, et son visage était aussi blanc que du papier. Puis il vit Susan foncer vers un arbre, et y grimper, poursuivie par une énorme bête grise. Tout d'abord, Peter pensa que c'était un ours. Puis il vit que cela ressemblait à un chien-loup, mais c'était beaucoup trop gros pour être un chien. Alors il se rendit compte que c'était un loup, un loup debout sur ses pattes de derrière, avec ses pattes de devant accrochées au tronc de l'arbre, un loup qui grondait et qui cherchait à mordre. Tous les poils de son dos étaient hérissés. Susan n'avait pas pu grimper plus haut que la seconde grosse branche. L'une de ses jambes pendait, et son pied n'était qu'à quelques centimètres des dents qui claquaient, prêtes à le dévorer… Peter se demanda pourquoi Susan n'allait pas plus haut ou, tout du moins, pourquoi elle ne s'agrippait pas mieux ; c'est alors qu'il vit qu'elle était sur le point de s'évanouir et il sut que si elle s'évanouissait, elle tomberait.

Peter ne se sentait guère de courage ; il avait même plutôt l'impression qu'il allait être malade. Mais cela ne changeait rien à ce qu'il avait à faire. Il se rua sur le monstre et lui assena un coup d'épée dans le flanc. Mais ce coup ne toucha même pas le loup. Rapide comme l'éclair, celui-ci avait fait volte-face, ses yeux lançant des flammes, et sa gueule démesurément ouverte par un hurlement de colère. Si le loup n'avait pas été saisi d'une colère si violente qu'elle le fit hurler, il aurait immédiatement saisi Peter à la gorge. Telles que les choses se passèrent (mais tout se déroula trop vite pour que le garçon puisse réfléchir), Peter eut juste le temps de baisser la tête et de plonger son épée, aussi fort qu'il le put, entre les pattes avant de la brute, à l'endroit du cœur. Suivit un moment d'horrible confusion, comme dans un cauchemar. Peter tirait et tirait, tant qu'il pouvait, le loup ne semblait ni vivant ni mort, ses dents, mises à nu, cognaient contre le front de Peter, et tout n'était que sang, sueur et poils. Quelques minutes après, il s'aperçut que le monstre était étendu à terre, raide mort, que lui-même avait retiré son épée de la blessure, et qu'il était en train de se redresser et d'essuyer les gouttes de transpiration qui coulaient sur son front et dans ses yeux. Il se sentit exténué.

Puis, après un petit moment, Susan descendit de l'arbre. Peter avait l'impression de chanceler sur ses jambes et d'être tout tremblant lorsqu'elle le rejoignit ; et, je dois l'avouer, il y eut beaucoup de baisers échangés, et de larmes versées, de part et d'autre. Mais, à Narnia, personne ne vous blâme pour de telles effusions.

– Vite ! Vite ! cria la voix d'Aslan. Centaures ! Aigles ! Je vois un autre loup dans les fourrés ! Là ! Derrière vous ! Il vient juste de s'y élancer. Suivez-le, tous ! Il va rejoindre sa maîtresse. Voici notre chance de trouver la Sorcière et de sauver le quatrième fils d'Adam.

Immédiatement, dans un tonnerre de coups de sabots et de battements d'ailes, une douzaine, environ, des créatures les plus rapides, disparut dans l'obscurité grandissante.

Peter, encore hors d'haleine, se retourna et vit Aslan à côté de lui.

– Tu as oublié de nettoyer ton épée, remarqua Aslan.

C'était exact. Peter rougit lorsqu'il regarda la lame brillante et qu'il vit qu'elle était toute souillée par les poils et par le sang du loup. Il se baissa, la nettoya en l'essuyant sur l'herbe, puis la sécha contre son manteau.

– Donne-la-moi et agenouille-toi, fils d'Adam, ordonna Aslan.

Quand Peter eut obéi, Aslan le frappa avec le plat de l'épée et dit :

– Relève-toi, seigneur Peter, terreur des loups ! Et, quoi qu'il arrive, n'oublie jamais d'essuyer ton épée.

Chapitre 13

LA PUISSANTE MAGIE
VENUE DE LA NUIT DES TEMPS

Maintenant, nous devons retourner voir Edmund. La Sorcière l'avait forcé à marcher, pendant des heures et des heures, si loin et si longtemps que jamais il n'aurait imaginé que quelqu'un *puisse* effectuer une pareille marche ; et, finalement, elle avait fait halte dans une vallée obscure, assombrie encore par des sapins et des ifs. Edmund, alors, s'écroula carrément et resta couché, à plat ventre par terre, sans bouger, sans même se soucier de ce qui lui arriverait par la suite, ne souhaitant qu'une chose : qu'on lui permette de rester allongé sur le sol. Il était beaucoup trop fatigué pour remarquer à quel point il avait faim et soif. La Sorcière et le nain parlaient à voix basse à côté de lui.

– Non, dit le nain, cela ne sert à rien, maintenant, ô reine. Ils doivent avoir atteint la Table de Pierre à l'heure qu'il est.

– Le loup flairera peut-être notre piste et il viendra nous apporter des nouvelles, supposa la Sorcière.

– Dans ce cas, ce ne seront pas de bonnes nouvelles ! affirma le nain.

– Quatre trônes à Cair Paravel, cita la Sorcière. Mais que se passera-t-il si trois seulement sont occupés ? Cela n'accomplira pas la prophétie.

– Qu'est-ce que cela change, puisqu'*il* est ici ? observa le nain.

Il prenait, à présent, bien garde de ne pas mentionner le nom d'Aslan devant sa maîtresse.

– Il ne restera peut-être pas longtemps. Et après… nous surprendrons les trois autres !

– Ce serait tout de même préférable de garder celui-là, suggéra le nain (en donnant un bon coup de pied à Edmund) – il nous servira de monnaie d'échange pour négocier.

– Bravo ! Pour qu'il soit délivré ! ricana la Sorcière avec mépris.

– Alors, dit le nain, il vaudrait mieux faire ce que nous avons à faire tout de suite.

– J'aurais préféré le faire sur la Table de Pierre, objecta la Sorcière. C'est l'endroit approprié. C'est là que cela a toujours été fait avant.

– Il faudra attendre longtemps avant que la Table de Pierre retrouve sa destination première, déclara le nain.

– C'est vrai, admit la Sorcière, qui ajouta : Bon, je vais commencer.

À cet instant, un loup accourut vers eux, en bondissant et en grondant :
– Je les ai vus ! Ils sont tout près de la Table de Pierre, avec Lui. Ils ont tué mon capitaine, Maugrim. J'étais caché dans les fourrés et j'ai tout vu. C'est le fils d'Adam qui l'a tué. Fuyez ! Fuyez !
– Non ! s'écria la Sorcière. Ce n'est pas la peine de fuir. Dépêche-toi ! Demande à tous nos gens de se rassembler ici le plus rapidement possible ! Convoque les géants, les loups-garous et les esprits des arbres qui sont de notre côté. Appelle les vampires et les revenants, les ogres et les minotaures. Fais venir les scrofuleux, les vieilles carabosses, les spectres et le peuple des champignons vénéneux. Nous allons nous battre ! Eh quoi ? N'ai-je pas encore ma baguette ? Leurs rangs ne vont-ils pas se changer en pierre dès qu'ils s'avanceront ? Allez ! File ! J'ai une petite chose à terminer ici pendant que tu seras parti…
La grande brute inclina la tête, fit demi-tour et disparut au galop.
– Voyons ! dit-elle, nous n'avons pas de table… laisse-moi réfléchir un peu… Nous ferions mieux de l'appuyer contre le tronc d'un arbre.
Edmund se retrouva mis de force sur ses pieds. Puis le nain l'adossa à un arbre et l'y attacha solidement. Edmund vit la Sorcière enlever sa cape. Ses bras, en dessous, étaient nus et d'une blancheur terrifiante. Il les voyait parce qu'ils étaient si blancs, mais il ne distinguait rien d'autre, car il faisait trop sombre dans cette vallée, sous les arbres noirs.
– Prépare la victime ! ordonna la Sorcière.
Le nain défit le col d'Edmund et plia sa chemise de façon à dégager son cou. Ensuite, il le saisit par les cheveux et lui tira la tête en arrière si fort qu'il dut lever le menton. Puis Edmund entendit un bruit étrange : Ouizzz… ouizzz… ouizzz… D'abord, il ne sut pas ce que c'était. Puis il comprit. C'était le bruit d'un couteau qu'on aiguise.
Au même instant, il entendit de grands cris jaillir de tous les côtés à la fois – des martèlements de sabots, des battements d'ailes, un hurlement de la Sorcière – bref, une confusion extrême autour de lui. Puis il se rendit compte qu'on détachait ses liens. Des bras puissants l'entouraient et il entendit de grosses voix amicales prononcer des paroles telles que :
– Il faut l'étendre !
– Donnons-lui du vin !
– Bois ceci ! Calme-toi ! Tu iras mieux dans une minute…
Il entendit ensuite d'autres voix, qui ne s'adressaient plus à lui, mais qui parlaient entre elles. Et qui disaient ceci :
– Qui a attrapé la Sorcière ?

– Je pensais que c'était toi…

– Je l'ai perdue de vue après que j'eus fait sauter, d'un coup de poing, le couteau qu'elle tenait à la main !

– Je poursuivais le nain…

– Tu veux dire qu'elle s'est enfuie ?

– On ne peut pas s'occuper de tout à la fois !

– Qu'est-ce que c'est que cela ? Oh ! Excuse-moi, ce n'est qu'une vieille souche !

Mais, juste à cet endroit de la conversation, Edmund s'évanouit complètement.

Alors, centaures, licornes, cerfs et oiseaux (c'était, vous l'avez bien entendu deviné, l'équipe de secours envoyée par Aslan, au chapitre précédent) se mirent en route pour retourner à la Table de Pierre, en portant Edmund avec eux. Mais s'ils avaient pu voir ce qui se passa dans cette vallée après leur départ, je pense qu'ils auraient été surpris.

Tout était parfaitement calme et la lune brillait avec éclat ; si vous vous étiez trouvé là, vous auriez vu le clair de lune étinceler sur une vieille souche et sur un bloc de pierre de grande taille. Mais, en regardant plus attentivement, vous auriez commencé à penser que cette souche et cette pierre avaient toutes deux quelque chose de bizarre. Et bientôt vous auriez trouvé que la souche ressemblait à s'y méprendre à un petit homme gras, recroquevillé sur le sol. Et si vous aviez observé la scène suffisamment longtemps, vous auriez vu la souche marcher vers la grosse pierre, et vous auriez vu la grosse pierre s'asseoir et se mettre à parler à la souche ; parce que, en réalité, la souche et la pierre étaient tout simplement le nain et la Sorcière. Car une partie du pouvoir magique de la Sorcière consistait à transformer l'apparence des choses ; et elle eut la présence d'esprit d'user de ce pouvoir au moment précis où le couteau lui fut enlevé de la main. Elle n'avait pas lâché sa baguette, donc elle était restée intacte aussi.

Lorsque les autres enfants s'éveillèrent, le matin suivant (ils avaient dormi sur des piles de coussins, dans le pavillon), la première chose qu'ils apprirent, par Mme Castor, fut que leur frère avait été délivré et amené au camp tard dans la nuit ; et qu'il se trouvait en ce moment avec Aslan. Dès qu'ils eurent fini leur petit déjeuner, ils sortirent tous et ils virent Aslan et Edmund, qui marchaient ensemble, dans l'herbe humide de rosée, à l'écart du reste de la cour. Ce n'est pas la peine de vous rapporter les paroles d'Aslan (et, du reste, personne ne les entendit), mais ce fut une conversation qu'Edmund n'oublia jamais. Comme les autres approchaient, le Lion se tourna vers eux pour les accueillir et il amena Edmund avec lui.

– Voici votre frère, dit-il, et… c'est inutile de lui parler du passé.

Edmund serra la main de chacun de ses frère et sœurs et à chacun il dit :

– Je suis désolé.

Et tous lui répondirent :
– C'est oublié !
Et puis chacun voulut de tout son cœur dire quelque chose qui signifierait clairement qu'il était de nouveau ami avec lui, quelque chose de simple et de naturel mais, bien entendu, personne ne trouva rien à dire. Cependant, avant qu'ils aient eu le temps de se sentir vraiment gênés, l'un des léopards s'approcha d'Aslan et dit :
– Sire, il y a un messager de l'ennemi qui sollicite une audience.
– Qu'il approche, répondit Aslan.
Le léopard s'éloigna et revint bientôt, en conduisant le nain de la Sorcière.
– Quel est ton message, fils de la Terre ? demanda Aslan.
– La reine de Narnia, impératrice des îles Solitaires, désire un sauf-conduit pour venir s'entretenir avec vous d'une affaire qui vous intéresse autant qu'elle, déclara le nain.
– Reine de Narnia, vraiment ! s'exclama M. Castor. Quel toupet !
– Paix, Castor, dit Aslan. Tous les titres seront bientôt rendus à leurs vrais détenteurs. En attendant, nous n'allons pas les contester. Dis à ta maîtresse, fils de la Terre, que je lui accorde un sauf-conduit, à condition qu'elle laisse sa baguette derrière elle, près de ce grand chêne.
Cette exigence fut acceptée et les deux léopards s'en retournèrent avec le nain, pour veiller à ce que les conditions soient exactement respectées.
– Mais si elle change les deux léopards en pierre… chuchota Lucy à l'oreille de Peter.
Je crois que les léopards eux-mêmes avaient eu cette idée ; en tout cas, tandis qu'ils s'éloignaient, tous les poils de leurs dos étaient hérissés, et leurs queues, arquées, comme celle d'un chat quand il voit un chien qu'il ne connaît pas.
– Tout ira bien, répondit Peter. Il ne les enverrait pas s'il y avait du danger.
Quelques minutes plus tard, la Sorcière apparut au sommet de la colline, et marcha droit vers Aslan. Les trois enfants, qui ne l'avaient encore jamais vue, frissonnèrent des pieds à la tête en apercevant son visage, et il y eut des grondements sourds parmi les animaux présents. Et, bien que le soleil brillât, chacun eut soudain très froid. Les deux seules personnes présentes qui semblaient tout à fait à leur aise étaient Aslan et la Sorcière elle-même. C'était absolument extraordinaire de voir ces deux visages – le visage doré et le visage blanc comme la mort – si près l'un de l'autre. Mais la Sorcière ne regardait pas Aslan droit dans les yeux. Mme Castor (notamment) le remarqua.
– Vous avez un traître ici, Aslan, déclara la Sorcière.
Bien entendu, chaque personne présente sut qu'elle désignait Edmund. Mais celui-ci avait cessé de penser à lui-même, après tout ce qu'il avait enduré et surtout après la conversation qu'il avait eue ce matin. Il continua tout

simplement à regarder Aslan et ne parut pas s'émouvoir des paroles de la sorcière.

– Eh bien, observa Aslan, ce n'est pas vous qu'il a offensée.

– Avez-vous oublié la puissante magie ? demanda la Sorcière.

– Disons que je l'ai oubliée, répondit Aslan avec gravité. Parlez-nous de cette magie.

– Vous en parler ? cria la Sorcière, d'une voix qui se fit soudain perçante. Vous dire ce qui est écrit sur cette Table de Pierre, dressée à côté de nous ? Vous dire ce qui est entaillé, en lettres aussi profondes qu'une lance est longue, sur les pierres de feu de la Colline secrète ? Vous dire ce qui est gravé sur le sceptre de l'empereur-d'au-delà-des-mers ? Vous connaissez au moins la magie que l'empereur a établie à Narnia, au commencement des temps ? Vous savez que chaque traître m'appartient, comme ma proie légale, et que pour chaque trahison, j'ai le droit de tuer.

– Oh ! dit M. Castor. C'est ainsi que vous en êtes arrivée à vous prendre pour une reine, parce que vous étiez le bourreau de l'empereur. Je vois !

– Paix, Castor, répéta Aslan, avec un grognement très étouffé.

– Pour cette raison, continua la Sorcière, cette créature humaine m'appartient. Sa vie est un gage pour moi. Son sang est ma propriété.

– Alors, venez le prendre ! gronda le taureau à tête d'homme, de sa voix mugissante.

– Idiot ! dit la Sorcière avec un sourire féroce, qui était plutôt un grognement de hargne. Penses-tu vraiment que ton maître peut me dépouiller de mes droits par la simple force ? Il connaît la puissante magie mieux que cela. Il sait que si je n'obtiens pas le sang, comme l'autorise la loi, tout Narnia sera mis sens dessus dessous et périra par le feu et par l'eau !

– C'est parfaitement vrai, reconnut Aslan, je ne le nie pas.

– Oh ! Aslan ! chuchota Susan à l'oreille du Lion, ne pouvons-nous pas – je veux dire, vous ne le ferez pas, n'est-ce pas ? Ne pouvons-nous pas agir envers la puissante magie ? N'y a-t-il pas quelque chose que vous puissiez faire opérer contre elle ?

– Agir contre la magie de l'empereur ? dit le Lion, en se tournant vers elle avec, sur sa figure, une expression qui ressemblait à un froncement d'yeux désapprobateur.

Et plus personne n'osa jamais avancer cette suggestion.

Edmund se trouvait de l'autre côté d'Aslan. Il ne quittait pas des yeux son visage. Il se sentait suffoqué par l'émotion et se demandait s'il devait dire quelque chose ; mais, l'instant d'après, il comprit qu'il n'était pas supposé faire quoi que ce soit, si ce n'est attendre et obéir.

– Reculez, vous tous, ordonna Aslan, je vais parler seul à la Sorcière.

Ils obéirent tous. Ce fut un moment terrible : attendre dans l'incertitude, pendant que le Lion et la Sorcière parlaient ensemble, gravement et à voix basse. Lucy chuchota : « Oh ! Edmund… » et se mit à pleurer.

Peter tourna le dos aux autres et contempla la mer, dans le lointain. Les castors se tenaient les pattes et gardaient leurs têtes baissées. Les centaures piaffaient avec inquiétude. Et puis finalement chacun devint, peu à peu, parfaitement silencieux, si bien que l'on remarquait des bruits minuscules, comme le vol d'un bourdon, les chants d'oiseaux, en bas, dans la forêt, ou le bruissement du vent à travers les feuilles.

à la fin, ils entendirent la voix d'Aslan :

– Vous pouvez tous revenir, leur dit-il. J'ai arrangé l'affaire. Elle a renoncé à réclamer le sang de votre frère.

Partout, sur la colline, il y eut un immense soupir : c'était comme si chacun avait retenu son souffle et qu'il s'était mis à respirer à nouveau ; puis il s'éleva un murmure de paroles. La Sorcière était en train de s'éloigner, avec une expression de joie cruelle sur son visage, lorsque, tout à coup, elle s'arrêta et demanda :

– Mais comment serai-je sûre que cette promesse sera tenue ?

– Haa-a-arrh ! rugit Aslan, en se levant à moitié de son trône.

Et son immense gueule s'ouvrit de plus en plus grand, et son rugissement retentit de plus en plus fort, et la Sorcière, après être restée un instant abasourdie et bouche bée, releva ses jupes et se sauva, littéralement, à toutes jambes.

Chapitre 14

LE TRIOMPHE DE LA SORCIÈRE

Aussitôt que la Sorcière fut partie, Aslan dit :
— Nous devons quitter cet endroit sur-le-champ : il sera recherché pour d'autres buts. Nous établirons notre camp cette nuit au gué de Beruna.

Naturellement, chacun mourait d'envie de lui demander comment il avait arrangé l'affaire avec la Sorcière ; mais son visage était sévère et les oreilles de tout le monde résonnaient encore du vacarme de son rugissement, si bien que personne n'osa poser de question.

Après un repas, qui fut pris en plein air au sommet de la colline (car le soleil tapait fort maintenant, et il avait séché l'herbe), ils furent occupés, pendant quelque temps, à démonter le pavillon et à préparer les bagages. Avant qu'il ne soit deux heures, ils étaient en route et se dirigeaient vers le nord-est, à petite allure, car ils n'avaient pas loin à aller. Durant la première partie du voyage, Aslan expliqua à Peter son plan de bataille :

— Dès que la Sorcière aura terminé son travail dans ces régions, dit-il, il est presque certain qu'elle se repliera dans sa maison avec son équipe et qu'elle se préparera à soutenir un siège. Il se peut que tu puisses lui couper la route et l'empêcher d'atteindre sa maison. Il se peut que tu n'y parviennes pas.

Il exposa ensuite deux plans de bataille – l'un pour combattre la Sorcière et ses gens dans le bois, l'autre pour l'attaquer dans son château. Et tout le temps il donnait à Peter des conseils pour la conduite des opérations, en lui disant des choses comme ceci : « Tu dois disposer tes centaures à tel et tel endroit », ou bien « Tu dois poster des sentinelles pour veiller à ce que la Sorcière ne fasse pas ceci et cela », tant et si bien qu'à la fin Peter demanda :

— Mais vous serez là vous-même, Aslan ?
— Je ne peux pas te le promettre, répondit le Lion.

Et il continua à donner ses instructions à Peter.

Durant la dernière partie du voyage, ce sont Susan et Lucy qui le virent le plus. Il parla peu et leur parut triste. L'après-midi n'était pas terminé lorsqu'ils atteignirent un endroit où la vallée s'ouvrait et où la rivière étalait sur une grande largeur ses eaux peu profondes. C'était le gué de Beruna. Aslan ordonna de s'arrêter de ce côté de l'eau. Mais Peter observa :

— Ne serait-il pas préférable de camper de l'autre côté, au cas où la Sorcière tenterait une attaque cette nuit ?

Aslan, qui semblait penser à tout autre chose, se ressaisit en secouant sa magnifique crinière et dit :

– Eh ? Qu'est-ce que c'est ?

Peter répéta sa suggestion.

– Non, répondit-il, d'une voix morne, comme si cela n'avait pas d'importance. Non. Elle n'attaquera pas cette nuit. Puis il poussa un profond soupir. Mais il ajouta : Néanmoins, tu avais bien réfléchi, Peter. C'est ainsi qu'un soldat doit réfléchir. Mais, aujourd'hui, cela n'a vraiment aucune importance.

Alors ils commencèrent à installer le camp.

L'humeur d'Aslan émut tout le monde ce soir-là. Peter se sentait mal à l'aise, également, à l'idée de combattre tout seul ; la nouvelle qu'Aslan ne serait peut-être pas là l'avait bouleversé. Le dîner fut très silencieux. Chacun se rendait compte à quel point tout avait été différent la veille, ou même encore, ce matin. C'était comme si le bon temps, à peine commencé, avait déjà touché à sa fin.

Cette impression affecta tellement Susan que, une fois couchée, elle ne put s'endormir. Après être restée allongée un bon moment, comptant les moutons, se tournant et se retournant dans tous les sens, elle entendit Lucy pousser un long soupir et remuer juste à côté d'elle, dans l'obscurité.

– Toi non plus, tu ne peux pas dormir ? chuchota Susan.

– Non, répondit Lucy. Je pensais que tu dormais… Susan ?

– Quoi ?

– J'ai une horrible impression : j'ai l'impression que quelque chose d'affreux va se produire…

– C'est vrai ? Parce que, moi aussi, j'ai cette impression…

– Quelque chose qui concerne Aslan, précisa Lucy. Soit il va lui arriver une chose épouvantable, soit il va faire une chose épouvantable…

– Il a eu l'air bizarre durant tout l'après-midi, rappela Susan. Lucy ? Qu'a-t-il dit exactement ? Qu'il ne serait pas avec nous pendant la bataille ? Tu ne crois pas qu'il pourrait s'en aller en cachette et nous abandonner cette nuit, n'est-ce pas ?

– Où est-il maintenant ? demanda-t-elle. Est-il dans le pavillon ?

– Je ne crois pas…

– Susan ! Sortons et jetons un coup d'œil : nous l'apercevrons peut-être !

– D'accord ! Allons-y ! Cela sera aussi bien que de rester réveillées ici !

Très silencieusement, les deux petites filles cherchèrent leur chemin à tâtons parmi les autres dormeurs et se glissèrent hors de la tente. Le clair de lune étincelait et tout se taisait, à part le clapotis de la rivière contre les pierres. Susan prit soudain le bras de Lucy et dit :

– Regarde !

À l'autre bout du campement, juste à la lisière des arbres, elles virent le Lion qui s'éloignait à pas lents et s'enfonçait dans le bois.

Sans dire un mot, toutes deux le suivirent. Il les entraîna ainsi, après avoir remonté son versant abrupt, en dehors de la vallée ; puis il tourna légèrement à droite, et emprunta apparemment la même route que celle qu'ils avaient suivie l'après-midi, en venant de la colline de la Table de Pierre. Il les conduisit interminablement, passant de l'ombre obscure au pâle clair de lune, et leurs pieds étaient trempés par la rosée. Il avait l'air, d'une manière indéfinissable, différent de l'Aslan qu'elles connaissaient. Sa tête et sa queue étaient basses, et il marchait lentement, comme s'il était très, très fatigué. Ensuite, comme ils traversaient un espace découvert, sur lequel il n'y avait pas d'ombre où elles auraient pu se cacher, il s'arrêta et regarda autour de lui. Il était inutile d'essayer de se sauver, alors elles vinrent vers lui. Quand elles furent tout près, il dit :

– Oh ! Enfants, enfants, pourquoi me suivez-vous ?

– Nous ne pouvions pas dormir, commença Lucy, puis elle fut certaine qu'elle n'avait pas besoin d'en dire plus et qu'il connaissait toutes leurs pensées.

– S'il vous plaît, pouvons-nous vous accompagner, quel que soit l'endroit où vous allez ? demanda Susan.

– Eh bien, dit Aslan, puis il parut réfléchir.

Il reprit :

– Je serais heureux d'avoir de la compagnie cette nuit. Oui, vous pouvez venir, si vous me promettez de vous arrêter quand je vous le dirai, et ensuite de me laisser continuer seul.

– Oh ! Merci, merci ! Et nous vous promettons de vous obéir ! s'écrièrent les deux sœurs.

Ils reprirent leur route, les petites filles marchant de chaque côté du lion. Mais comme il avançait lentement ! Et sa grande tête majestueuse penchait tellement que son mufle touchait presque l'herbe. Bientôt, il trébucha et poussa un gémissement sourd.

– Aslan ! Cher Aslan ! dit Lucy, qu'est-ce qui ne va pas ? Ne pouvez-vous pas nous le dire ?

– Êtes-vous souffrant, cher Aslan ? s'inquiéta Susan.

– Non, répondit-il. Je suis triste et je me sens seul. Posez vos mains sur ma crinière, pour que je puisse sentir que vous êtes là, et marchons ainsi.

Et c'est ainsi que les petites filles firent ce qu'elles n'auraient jamais osé faire sans sa permission, mais dont elles avaient eu envie dès le premier moment où elles l'avaient vu : elles enfouirent leurs mains froides dans le magnifique océan de fourrure, et, ainsi, marchèrent à côté de lui. Et elles se rendirent bientôt compte qu'elles gravissaient le versant de la colline sur laquelle se dressait la Table de Pierre. Ils empruntèrent le côté où les arbres avançaient le plus haut, et quand ils arrivèrent au dernier arbre (il était entouré de quelques buissons), Aslan s'arrêta et dit :

– Oh ! Enfants, enfants, vous devez rester ici. Et, quoi qu'il se passe, ne vous faites pas voir. Adieu !

Et les deux sœurs se mirent à pleurer amèrement (sans savoir vraiment pourquoi) et elles se cramponnèrent au Lion, et elles embrassèrent sa crinière, son mufle, ses pattes, et ses grands yeux tristes. Puis il se détourna d'elles et se dirigea vers le sommet de la colline. Lucy et Susan, recroquevillées dans les buissons, le suivirent du regard, et voici ce qu'elles virent.

Une foule immense se tenait autour de la Table de Pierre et, bien que la lune brillât, de nombreux assistants portaient des torches qui brûlaient avec une fumée noirâtre et des flammes d'un rouge funeste. Mais quels gens ! Des ogres avec des dents monstrueuses, et des loups et des hommes à tête de taureau ; les esprits des arbres mauvais et des plantes vénéneuses ; et d'autres créatures, que je ne décrirai pas car, si je le faisais, les grandes personnes ne vous permettraient sans doute pas de lire ce livre : scrofuleux, vieilles carabosses, incubes, spectres, horreurs, démons, esprits follets, furies et gorgones. En fait se trouvaient là tous ceux qui étaient du côté de la Sorcière, et que le loup avait convoqués sur son ordre. Et, juste au milieu, debout près de la table, se tenait la Sorcière elle-même.

Un hurlement d'épouvante et des sons inarticulés jaillirent des gosiers de ces créatures lorsqu'elles aperçurent le grand Lion qui s'avançait vers elles et, pour un moment, la Sorcière elle-même parut frappée de frayeur. Puis elle se reprit et éclata d'un rire sauvage et féroce.

– L'idiot ! cria-t-elle. L'idiot est venu ! Attachez-le solidement !

Lucy et Susan retinrent leur respiration, attendant qu'Aslan rugisse et bondisse sur ses ennemis. Mais il n'en fit rien.

Quatre vieilles carabosses s'étaient approchées de lui : elles avaient un sourire moqueur, un regard méchant, mais, en même temps, elles semblaient hésiter, à demi rassurées par la tâche qu'elles devaient accomplir.

— Attachez-le ! J'ai dit ! répéta la Sorcière blanche.

Les vieilles carabosses s'élancèrent vers lui et poussèrent des cris de triomphe en découvrant qu'il ne leur opposait aucune résistance. Puis d'autres personnages — des méchants nains et des singes — se précipitèrent pour les aider et, à eux tous, ils roulèrent l'immense Lion sur son dos et attachèrent ses quatre pattes ensemble, en poussant des vivats comme s'ils avaient fait une action courageuse alors que, si le Lion l'avait voulu, une seule de ses pattes aurait pu causer leur mort à tous ! Mais il ne fit aucun bruit, pas même quand ses ennemis, qui tiraient et tendaient les cordes, les serrèrent si fort qu'elles lui entamèrent la chair.

Puis ils le traînèrent vers la Table de Pierre.

— Arrêtez ! cria la Sorcière. Il faut d'abord le tondre !

Un autre éclat de rire ignoble jaillit de la gorge de ses serviteurs, lorsqu'un ogre, armé d'une paire de cisailles, s'avança et s'accroupit près de la tête d'Aslan. Les cisailles opérèrent, clic clac ! clic clac ! et des masses de boucles dorées commencèrent à tomber sur le sol. Puis l'ogre se recula, et les enfants, qui observaient tout de leur cachette, purent voir la figure d'Aslan qui paraissait toute petite et complètement différente sans sa crinière. Les ennemis, eux aussi, notèrent cette différence.

— Eh bien, ce n'est qu'un grand chat, après tout ! cria l'un.

— Est-ce de *ça* que nous avions peur ? s'esclaffa un autre.

Et ils affluèrent autour d'Aslan, pour se moquer de lui et le ridiculiser par ces quolibets :

— Mimi, minou ! Malheureux matou !

— Eh ! Le chat, combien de souris as-tu attrapées aujourd'hui ?

— Aimerais-tu une soucoupe de lait, minet ?

— Oh ! Comment *peuvent-ils* ? murmura Lucy, avec des larmes qui ruisselaient le long de ses joues. Les brutes, les brutes !

Maintenant que le premier choc était passé, la figure tondue d'Aslan lui paraissait plus courageuse, et beaucoup plus belle, et beaucoup plus patiente que jamais.

— Muselez-le ! hurla la Sorcière.

Et même à présent, tandis qu'ils s'affairaient autour de sa figure pour attacher la muselière, un seul coup de ses mâchoires aurait pu coûter leurs mains à deux ou trois de ses ennemis. Mais il ne broncha pas. Et cela semblait enrager cette canaille. Tout le monde s'acharnait contre lui, maintenant. Ceux qui avaient eu peur de l'approcher, même après qu'il eut été attaché, commencèrent à retrouver leur courage et, pendant quelques minutes, les deux petites filles ne virent plus le Lion, tant était dense la foule des créatures qui l'entouraient en lui donnant des coups de pied, en le frappant, en crachant sur lui, en le raillant.

Finalement, ces canailles en eurent assez. Et ils se mirent à traîner le Lion attaché et muselé vers la Table de Pierre ; certains tiraient, d'autres poussaient. Le Lion était tellement immense que, une fois arrivés là, il leur fallut rassembler tous leurs efforts pour le hisser sur la surface de la table. Puis ils l'y attachèrent très serré, avec de nouvelles cordes.

– Les lâches ! Les lâches ! sanglota Susan. Ont-ils encore peur de lui à présent ?

Après qu'Aslan eut été ligoté sur la pierre plate (et ligoté de telle façon qu'il n'était plus qu'un tas de cordes !) le silence se fit dans la foule. Quatre vieilles carabosses, tenant chacune une torche, se postèrent aux quatre coins de la table. La Sorcière dénuda leurs bras, comme elle avait dénudé les siens la nuit précédente, quand il s'agissait d'Edmund au lieu d'Aslan. Puis elle se mit à aiguiser son couteau. Il sembla aux enfants, lorsque la lueur des torches l'éclaira, qu'il était en pierre, et non pas en acier, et qu'il avait une forme étrange et maléfique.

La Sorcière s'approcha enfin. Elle se plaça près de la tête d'Aslan. Son visage était crispé et tordu par la passion, mais celui du Lion était tourné vers le ciel, toujours tranquille, sans aucune trace de colère ou de peur, empreint seulement d'une certaine tristesse. Et alors, juste avant de frapper, la Sorcière se pencha et dit d'une voix frémissante :

– Et maintenant, qui a gagné ? Idiot, pensais-tu que par ton sacrifice tu sauverais le traître humain ? Maintenant, je vais te tuer à sa place, comme le stipulait notre pacte, et, ainsi, la magie puissante sera apaisée. Mais quand tu seras mort, qui m'empêchera de le tuer aussi ? Et qui le sauvera alors ? Comprends que tu m'as donné Narnia pour toujours ; tu as perdu ta vie et tu n'as pas sauvé la sienne. Sachant cela, désespère et meurs !

Les enfants ne virent pas le meurtre lui-même. Elles n'auraient pas pu supporter cette vision et s'étaient couvert les yeux de leurs mains.

Chapitre 15

La plus puissante magie venue d'avant la nuit des temps

Les deux petites filles étaient encore blotties dans les buissons, avec leurs mains sur leurs visages, quand elles entendirent la voix de la Sorcière qui appelait ses partisans à grands cris :

– Vite ! Suivez-moi tous ! Nous allons régler la fin de cette guerre ! Cela ne nous prendra pas longtemps d'écraser la vermine humaine et les traîtres, maintenant que le grand idiot, le gros chat, est étendu raide mort !

À cet instant, les enfants furent, pour quelques secondes, en très grand danger. Car, avec des hurlements sauvages, et parmi les sons aigus des cornemuses et les sonneries perçantes des trompes de chasse, toute cette vile canaille évacua le sommet de la colline et vint dévaler la pente tout à côté de leur cachette. Elles sentirent les spectres passer près d'elles comme un vent glacial, et elles sentirent trembler sous elles le sol ébranlé par le galop des minotaures ; et au-dessus de leurs têtes planèrent, dans une sombre rafale d'ailes nauséabondes, des vautours et des chauves-souris géantes. À n'importe quel autre moment, elles auraient tremblé de frayeur mais, à présent, la tristesse, la honte et l'horreur de la mort d'Aslan emplissaient tellement leurs esprits qu'elles prêtèrent à peine attention à cette cavalcade.

Dès que le bois fut de nouveau silencieux, Susan et Lucy sortirent en rampant de leur cachette et avancèrent vers le plateau au sommet de la colline. La lune déclinait et de minces nuages la voilaient mais, néanmoins, les petites filles pouvaient encore distinguer la forme du Lion, étendu mort dans ses liens. Elles s'agenouillèrent toutes les deux dans l'herbe humide et embrassèrent sa figure toute froide, et caressèrent sa magnifique fourrure – ce qu'il en restait – et pleurèrent jusqu'à ce qu'elles n'aient plus de larmes. Puis elles se regardèrent, et se donnèrent la main, parce qu'elles se sentaient tellement seules et perdues, et puis elles se remirent à pleurer ; et de nouveau elles redevinrent silencieuses. Et finalement, Lucy murmura :

– Je ne peux pas supporter la vue de cette horrible muselière ! Je me demande si nous pourrions l'enlever ?

Elles essayèrent. Et après avoir beaucoup peiné (car leurs doigts étaient engourdis par le froid, et c'était maintenant la partie la plus sombre de la nuit), elles y parvinrent. Lorsqu'elles virent sa figure sans muselière, elles fondirent en larmes une nouvelle fois, et elles l'embrassèrent, la caressèrent, et essuyèrent le sang et l'écume, qui la souillaient, du mieux qu'elles le purent. Et c'était une tâche beaucoup plus triste, solitaire, désespérée et affreuse que je ne puis le décrire…

– Je me demande si nous pourrions aussi dénouer ses liens ? dit Susan.

Mais les ennemis, par pure méchanceté, avaient tellement serré les cordes que les petites filles ne purent pas défaire les nœuds.

J'espère qu'aucun lecteur de ce livre ne s'est jamais senti aussi malheureux que Susan et Lucy le furent cette nuit-là ; mais si vous l'avez été, s'il vous est arrivé de rester éveillé toute la nuit et de pleurer jusqu'à ce que vous n'ayez plus une seule larme en vous, vous saurez qu'il vient, à la fin, une sorte de tranquillité. Vous avez l'impression qu'il n'arrivera plus jamais rien. En tout cas, c'est ce que ressentirent les deux sœurs. Il leur sembla que des heures et des heures s'écoulèrent dans ce calme plat, et elles remarquèrent à peine qu'elles avaient de plus en plus froid. Mais, finalement, Lucy nota deux autres choses. La première, c'est que le ciel, à l'est de la colline, était un peu moins sombre qu'une heure plus tôt. La deuxième, c'était qu'il y avait un minuscule remue-ménage, dans l'herbe, à ses pieds. Tout d'abord, elle ne s'y intéressa pas du tout. Pourquoi s'en soucier ? Plus rien n'avait d'importance, désormais ! Mais bientôt elle vit que des choses inconnues avaient commencé d'escalader les pierres verticales de la Table de Pierre. Et, à présent, ces choses inconnues circulaient sur le corps d'Aslan. Elle regarda plus attentivement. C'étaient des petites choses grises.

– Pouah ! cria Susan, de l'autre côté de la table. Comme c'est dégoûtant ! Il y a d'horribles petites souris qui rampent sur lui ! Allez-vous-en, petites brutes !

Et elle leva la main pour les chasser en leur faisant peur.

– Attends ! s'exclama Lucy, qui les avait observées avec plus d'attention encore. Ne vois-tu pas ce qu'elles sont en train de faire ?

Les deux petites filles se penchèrent et regardèrent fixement.

– Je crois…, commença Susan. Comme c'est étrange ! Elles grignotent les cordes !

– C'est ce que je pensais, confirma Lucy. Je crois que ce sont des souris amies. Pauvres petites choses ! Elles ne se rendent pas compte qu'il est mort… Elles pensent que cela sert à quelque chose de le détacher…

Il faisait nettement plus clair maintenant. Chaque petite fille remarqua, pour la première fois, à quel point le visage de l'autre était pâle. Elles pouvaient voir les souris grignoter les liens ; des douzaines et des douzaines, même des centaines, de petites souris des champs. Et finalement, une par une, toutes les cordes furent complètement rongées. Le ciel, à l'est, était blanchâtre, à présent, et les étoiles devenaient de plus en plus pâles – à l'exception d'une très grosse, qui brillait à l'est, très bas, sur l'horizon. Lucy et Susan sentirent qu'elles avaient encore plus froid que cette nuit. Les souris partirent en rampant.

Les petites filles enlevèrent les restes des cordes rongées. Aslan avait l'air de nouveau lui-même sans ces liens. Sa figure morte devenait de plus en plus noble au fur et à mesure que la lumière augmentait et qu'elles pouvaient mieux la voir.

Dans le bois, derrière elles, un oiseau poussa un petit cri rieur. Tout avait été tellement silencieux pendant des heures et des heures que ce bruit les fit sursauter. Puis un autre oiseau répondit. Et bientôt, il y eut des oiseaux qui chantaient dans tous les alentours. C'était vraiment l'aube, désormais, et non plus la fin de la nuit.

– J'ai si froid ! murmura Lucy.

– Moi aussi, dit Susan. Marchons un peu !

Elles partirent vers l'est, jusqu'à la crête de la colline. L'immense étoile avait presque disparu. Tout le pays avait l'air gris foncé mais au-delà, au bout du monde, la mer déployait une pâle clarté. Le ciel commença à rougir. Les petites filles marchèrent de long en large et firent d'innombrables voyages entre le corps d'Aslan et la crête de la colline, pour essayer de se réchauffer, mais que leurs jambes étaient fatiguées ! Alors qu'elles s'étaient arrêtées un instant pour regarder la mer et Cair Paravel (elles pouvaient juste le distinguer à présent), le rouge se changea en or, le long de la ligne où la mer et le ciel se rencontraient, et, très lentement, apparut le bord du disque solaire. À cet instant précis, elles entendirent derrière elles un bruit énorme, un vacarme assourdissant, comme si un géant avait cassé une assiette de géant !

– Qu'est-ce que c'est ? demanda Lucy, en s'agrippant au bras de Susan.

– J'ai… j'ai peur de me retourner…, balbutia Susan. Il doit se passer quelque chose d'affreux…

– Ils *lui* font subir un nouveau supplice ! dit Lucy. Viens !

Elle se retourna, entraînant Susan avec elle. Le lever du soleil avait tellement modifié l'aspect de toute chose – toutes les couleurs et toutes les ombres étaient changées – que, pour un moment, elles ne virent pas l'événement capital. Puis elles le virent : la Table de Pierre était cassée en deux morceaux par une énorme fissure qui s'ouvrait d'une extrémité à l'autre ; et Aslan n'était plus là !

— Oh ! Oh ! Oh ! crièrent les deux sœurs en se précipitant vers la Table.

— Oh ! C'est *trop* triste ! sanglota Lucy. Ils auraient pu laisser le corps…

— Qui a fait cela ? s'écria Susan. Qu'est-ce que cela signifie ? Est-ce encore de la magie ?

— Oui ! répondit une grande voix derrière leur dos. C'est encore la magie !

Elles se retournèrent. Et là, resplendissant dans le soleil levant, plus imposant qu'elles ne l'avaient jamais vu auparavant, et secouant sa crinière (qui, apparemment, avait repoussé), se tenait Aslan lui-même.

— Oh ! Aslan ! s'écrièrent les deux enfants, en le regardant avec des yeux tout écarquillés, et presque aussi effrayées qu'elles étaient heureuses.

— Alors, vous n'êtes pas mort, cher Aslan ? bredouilla Lucy.

— Pas maintenant ! dit-il.

— Vous n'êtes pas… pas… un… ? demanda Susan d'une voix tremblante. Elle ne pouvait se résoudre à prononcer le mot « fantôme ».

Le Lion inclina sa tête dorée et lui lécha le front. La chaleur de son souffle et une sorte de riche odeur, qui semblait flotter autour de sa crinière, l'enveloppèrent tout entière.

— En ai-je l'air ? dit-il.

— Oh ! Vous êtes vrai, vous êtes vrai ! Oh ! Aslan ! s'exclama Lucy, et les deux petites filles se jetèrent sur lui et le couvrirent de baisers.

— Mais qu'est-ce que tout cela veut dire ? demanda Susan, lorsqu'elles furent calmées.

— Voilà ce que cela veut dire, expliqua Aslan. La Sorcière connaissait la puissante magie. Mais il existe une magie plus puissante encore, qu'elle ne connaît pas. Le savoir de la Sorcière remonte seulement à la nuit des temps. Mais, si elle avait pu voir un peu plus loin, dans le silence et l'obscurité qui précédèrent la nuit des temps, elle aurait lu là une incantation différente. Et elle aurait su que si une victime consentante, qui n'avait pas commis de trahison, était tuée à la place d'un traître, la Table se briserait et la mort elle-même serait vaincue. Et maintenant…

— Oh ! Oui ! Maintenant ? dit Lucy, en sautant en l'air et en battant des mains.

— Oh ! Enfants ! dit le Lion, je sens ma force revenir ! Oh ! Enfants, attrapez-moi, si vous le pouvez !

Il se mit debout une seconde : ses yeux brillaient très fort, ses membres frémissaient, et il se donnait de grands coups de queue. Puis il fit un bond gigantesque, au-dessus de leurs têtes et atterrit de l'autre côté de la Table. Riant, sans savoir pourquoi, Lucy grimpa sur la Table pour l'attraper. Aslan bondit de nouveau. Une folle poursuite commença. Il les fit tourner en rond, tout autour du sommet de la colline. Tantôt il était désespérément loin, hors d'atteinte ; tantôt il les laissait presque attraper sa queue ; tantôt il plongeait entre elles ; tantôt il les projetait en l'air avec ses immenses pattes merveilleusement veloutées, puis les rattrapait au vol ; tantôt il s'arrêtait inopinément, pour qu'ils puissent tous les trois rouler les uns sur les autres en riant, dans un joyeux méli-mélo de fourrure, de bras et de jambes. Personne n'aurait jamais imaginé un jeu aussi fou, aussi turbulent, à Narnia ! Et Lucy ne put jamais décider si c'était comme de jouer avec un ouragan, ou bien avec un chaton… Et, chose curieuse, lorsque tous les trois s'allongèrent finalement, hors d'haleine, au soleil, les petites filles ne se sentaient plus du tout fatiguées, elles n'avaient plus ni faim ni soif.

– Et maintenant, dit Aslan, au travail ! Je sens que je vais rugir. Vous feriez mieux de vous boucher les oreilles !

Ce qu'elles firent. Et le Lion se dressa de toute sa taille, et lorsqu'il ouvrit sa gueule pour rugir, sa figure revêtit une expression si terrifiante qu'elles n'osèrent pas la regarder. Et elles virent tous les arbres, devant lui, qui se courbaient au souffle de son rugissement, de même que l'herbe, dans une prairie, se couche sous le vent. Puis il déclara :

– Nous avons un long voyage à faire. Vous devez monter sur mon dos !

Il s'accroupit, et les enfants grimpèrent sur son dos chaud et doré, et Susan s'assit en avant, se cramponnant fort à sa crinière, et Lucy s'assit derrière, se cramponnant à Susan. Et, avec un large et souple mouvement, il se leva et s'élança comme une flèche : plus rapidement que n'importe quel cheval, il dévala les pentes de la colline et s'enfonça au plus profond de la forêt.

Cette chevauchée fut sans doute la chose la plus merveilleuse qui leur arriva à Narnia. Avez-vous jamais galopé sur un cheval ? Pensez-y. Puis, enlevez le bruit pesant des sabots et le cliquetis du mors, et imaginez à la place des foulées silencieuses et feutrées. Puis, imaginez, au lieu du dos noir, ou gris, ou bai, du cheval, la moelleuse rugosité de la fourrure, et la crinière flottant au vent… Et puis, imaginez que vous allez deux fois plus vite que le cheval de course le plus rapide… Et c'est un coursier qui n'a pas besoin d'être guidé, et qui n'est jamais fatigué. Il fonce pendant des heures, le pied toujours sûr, sans hésitation, se coulant avec une parfaite adresse entre les troncs d'arbres, sautant par-dessus les buissons, les ronces et les ruisselets, passant à gué les ruisseaux et traversant les rivières à la nage. Et vous chevauchez non pas sur une route, ni dans un parc, ni même sur des dunes, mais à travers le royaume de Narnia, au printemps, le long de solennelles avenues de hêtres, à travers des clairières ensoleillées bordées de chênes, au milieu de vergers sauvages plantés de cerisiers couverts de fleurs blanches, près de cascades retentissantes, de rochers moussus et de cavernes résonnantes, à l'assaut de pentes éventées, illuminées par des touffes d'ajoncs, entre des escarpements de montagnes tapissées de bruyères, au bord d'arêtes vertigineuses et, par d'interminables descentes, au cœur de vallées sauvages et, à découvert, dans des champs scintillant de fleurs bleues…

Il était presque midi lorsqu'ils se retrouvèrent sur le versant à pic d'une colline, d'où ils aperçurent, en baissant les yeux, un château qui, de là où ils étaient, leur semblait un jouet, et qui paraissait être uniquement composé de tours pointues. Mais le Lion dévalait la pente à une telle allure que le château grandissait de minute en minute et, avant que les petites filles aient eu même le temps de se demander ce que c'était, ils étaient déjà arrivés à sa hauteur. Et maintenant, il n'avait plus l'air d'un jouet, mais se dressait très haut, sombre et menaçant, en face d'eux. Il n'y avait personne sur les créneaux, et les portes étaient hermétiquement closes. Aslan, sans diminuer son allure, fonça, comme un boulet de canon, droit sur le château.

– La maison de la Sorcière ! s'écria-t-il. Maintenant, les enfants, cramponnez-vous !

L'instant suivant, le monde entier parut se renverser et les fillettes eurent l'impression d'avoir laissé leur estomac derrière elles ; car le Lion avait ramassé toutes ses forces pour effectuer le plus grand bond de sa vie, et il sauta – l'on pourrait aussi bien dire il vola – par-dessus la muraille du château ! Les deux petites filles, le souffle coupé, mais indemnes, se retrouvèrent désarçonnées au milieu d'une vaste cour peuplée de statues…

Chapitre 16

CE QUI ARRIVA AUX STATUES

– Quel endroit extraordinaire ! s'écria Lucy. Tous ces animaux de pierre, et ces gens aussi ! On dirait, on dirait un musée…

– Chut ! dit Susan. Aslan est en train de faire quelque chose…

En effet. Il avait bondi vers le lion de pierre, et il soufflait sur lui. Puis, sans attendre, il fit volte-face – un peu comme un chat qui cherche à attraper sa queue – et il souffla aussi sur le nain de pierre, qui (vous vous en souvenez) se tenait à quelques pas du lion, en lui tournant le dos. Puis il se précipita sur une grande dryade de pierre, qui était derrière le nain, s'en écarta rapidement pour s'occuper d'un lapin de pierre, sur sa droite, et fonça vers deux centaures. À ce moment, Lucy s'exclama :

– Oh ! Susan ! Regarde ! Regarde le lion !

Je suppose que vous avez déjà vu quelqu'un approcher une allumette enflammée d'un morceau de papier journal, froissé dans une grille contre les bûches d'un feu éteint. Pendant une seconde, rien ne semble se passer ; puis vous remarquez un minuscule liséré de feu rampant au bord du papier. C'est exactement ce qui se produisait en ce moment. Une seconde après qu'Aslan eut soufflé sur lui, le lion de pierre n'avait pas changé d'aspect. Puis un minuscule liséré d'or se mit à courir le long de son dos de marbre blanc, puis il s'élargit et la couleur parut le lécher tout entier, comme la flamme lèche un morceau de papier. Puis, alors que, visiblement, son arrière-train était encore en pierre, le lion secoua sa crinière, et tous les lourds plis de pierre se métamorphosèrent en vivantes ondulations de fourrure. Puis il ouvrit une énorme gueule rouge, chaude et vivante, et laissa échapper un gigantesque bâillement. À présent, ses pattes arrière étaient revenues à la vie. Il leva l'une d'elles et se gratta. Puis, ayant aperçu Aslan, il bondit vers lui et sauta pour lui lécher le visage.

Les enfants suivirent le lion du regard ; mais le spectacle qu'elles virent par ailleurs était si fantastique qu'elles oublièrent bientôt le lion. Partout les statues s'animaient. La cour ne ressemblait plus à un musée, mais plutôt à un zoo. Les créatures couraient derrière Aslan, dansaient autour de lui, tant et si bien qu'il fut presque caché par cette foule. À la place de toute cette blancheur mortelle, il y avait maintenant dans la cour un flamboiement de couleurs : les flancs châtains et lustrés des centaures, les cornes indigo des licornes, les éblouissants plumages des oiseaux, le brun-rouge des renards, des chiens et des satyres, les bas jaunes et les capuchons écarlates des nains, le vert frais et transparent des fées des bouleaux, et le vert presque jaune à force d'être brillant des fées des mélèzes. Et au lieu du silence de mort, il y avait dans la cour une rumeur joyeuse et sonore, un concert où se mêlaient rugissements, braiments, glapissements, aboiements, cris aigus, roucoulements, hennissements, piaffements, vivats, chansons et éclats de rire.

– Oh ! s'écria Susan, d'une voix changée. Regarde ! Je me demande… est-ce bien prudent ?

Lucy regarda et vit que le lion venait de souffler sur les pieds du géant de pierre.

– Tout va bien ! cria Aslan joyeusement. Une fois que les pieds sont rétablis, le reste suit !

– Ce n'est pas exactement ce que je voulais dire…, chuchota Susan à l'oreille de Lucy.

Mais il était trop tard pour faire quelque chose maintenant, même si Aslan avait voulu l'écouter. La métamorphose avait déjà affecté les jambes du géant. Et voilà qu'il bougeait ses pieds ! L'instant d'après, il ôtait la massue de son épaule, frottait ses yeux et disait :

– Dieu me bénisse ! J'ai dû dormir. Au fait ! Où est cette maudite petite Sorcière qui courait par terre ? Elle était près de mes pieds.

Tout le monde cria pour lui expliquer ce qui s'était réellement passé ; et le géant mit sa main près de son oreille et leur fit répéter toute l'histoire jusqu'à ce qu'il l'ait comprise ; et, alors, il s'inclina, ce faisant, et sa tête n'était pas plus éloignée que le sommet d'une meule de foin, et il souleva son chapeau à plusieurs reprises à l'intention d'Aslan, et tout son visage, très laid mais très honnête, était rayonnant. (Les géants sont, de nos jours, si rares en Angleterre, et si peu ont bon caractère, que je parie que vous n'avez jamais vu un géant au visage rayonnant. C'est un spectacle étonnant.)

— À présent, occupons-nous de l'intérieur de cette maison ! déclara Aslan. Hardi, tout le monde ! Montez et descendez les escaliers ! Et n'oubliez pas la chambre de madame ! Cherchez dans tous les recoins ! On ne sait jamais où peut être caché un pauvre prisonnier.

Et tous s'élancèrent à l'intérieur, et durant plusieurs minutes ce vieux château sombre, horrible et qui sentait le renfermé, résonna tout entier du bruit des fenêtres que l'on ouvrait et des voix qui criaient toutes à la fois :

— N'oubliez pas les cachots !
— Aidez-nous à ouvrir cette porte !
— Voici un autre petit escalier en colimaçon !
— Oh ! Dites donc ! Voilà un pauvre kangourou. Appelez Aslan !
— Pouah ! Quelle odeur !
— Attention aux trappes !
— Venez ici ! Il y en a beaucoup sur le palier !

Mais le meilleur moment fut l'arrivée de Lucy qui montait les marches d'escalier deux à deux en hurlant :

— Aslan ! Aslan ! J'ai trouvé monsieur Tumnus. Oh ! Venez vite !

Un moment plus tard, Lucy et le petit faune se tenaient par les mains et dansaient de joie sans plus pouvoir s'arrêter. Avoir été transformé en statue n'avait pas marqué ce petit personnage et, naturellement, il était très intéressé par tout ce qu'elle avait à lui dire.

Le branle-bas dans la forteresse de la Sorcière prit fin. Le château tout entier était vide ; chaque porte et chaque fenêtre était ouverte et les suaves brises printanières pénétraient dans toutes ces pièces sombres et maléfiques, qui avaient terriblement besoin de ce souffle nouveau. La foule entière des statues libérées reflua vers la cour. Et c'est alors que quelqu'un (Tumnus, je crois) demanda :

— Mais comment allons-nous sortir d'ici ?

Car Aslan était entré en sautant par-dessus la muraille et les portes étaient toujours fermées.

— Cela s'arrangera, dit le Lion.

Et, se dressant sur ses pattes arrière, il hurla au géant :

— Eh ! Vous, là-haut ! Comment vous appelez-vous ?
— Géant Tonitruant, pour vous servir, dit le géant en soulevant une nouvelle fois son chapeau.
— Eh bien, géant Tonitruant, dit Aslan, fais-nous sortir d'ici, veux-tu ?
— Certainement, Votre Honneur, avec plaisir. éloignez-vous des portes, vous, tous les petits !

Puis il s'avança vers la porte et son énorme massue fit bang ! bang ! bang ! Les portes grincèrent au premier coup, se fissurèrent au second, et tremblèrent au troisième. Puis il s'attaqua aux tours, qui étaient de chaque côté des portes et, après quelques minutes de fracas et de coups sourds, les deux tours, ainsi qu'une bonne partie du mur attenant, s'écroulèrent avec un bruit de tonnerre, brisées en mille morceaux. Et lorsque la poussière se dissipa, cela parut vraiment bizarre de se trouver dans cette cour aride, sinistre, et caillouteuse, et de voir, par la brèche, l'herbe, et les arbres frissonnants, et les rivières scintillantes de la forêt et, plus loin, les collines bleutées, et plus loin encore, le ciel.

– Ben me v'là tout en sueur ! dit le géant en soufflant comme une énorme locomotive. Je manque d'entraînement. Je suppose qu'aucune de vous, jeunes demoiselles, n'a quelque chose qui ressemblerait à un mouchoir de poche ?

– Si, j'en ai un, dit Lucy, en se mettant sur la pointe des pieds, et en levant son mouchoir aussi haut qu'elle le put.

– Merci, mam'zelle, dit le géant Tonitruant en se baissant.

L'instant suivant, Lucy connut une belle frayeur, car elle se retrouva emportée dans les airs, entre le pouce et l'index du géant. Mais, comme elle approchait de son visage, il sursauta soudain et la reposa avec douceur sur le sol en marmonnant :

– Dieu me bénisse ! Je me suis trompé et j'ai pris la petite fille. Je vous demande pardon, mam'zelle, je pensais que vous étiez le mouchoir !

– Non, non, dit Lucy en riant, le voici !

Cette fois, il réussit à l'attraper ; mais, pour lui, ce mouchoir avait la taille qu'aurait pour vous un cachet d'aspirine. Et, quand Lucy vit le géant frotter solennellement sa grande figure rouge avec ce mouchoir, elle s'exclama :

– Je crains qu'il ne vous soit pas très utile, monsieur Tonitruant.

– Mais si ! Mais si ! répondit le géant poliment. Je n'ai jamais rencontré un mouchoir aussi agréable. Si fin, si commode, si… Je ne sais pas comment le décrire.

– Quel aimable géant ! confia Lucy à M. Tumnus.

– Oh ! Oui ! répondit le faune. Tous les Tonitruant ont toujours été aimables. C'est l'une des familles de géants les plus respectées à Narnia. Ils ne sont peut-être pas très intelligents (je n'ai jamais rencontré de géant qui le soit), mais c'est une vieille famille. Avec des traditions, vous comprenez. S'il avait été d'un autre genre, la Sorcière ne l'aurait jamais changé en pierre.

À ce moment, Aslan frappa ses pattes l'une contre l'autre et demanda le silence.

– Notre tâche n'est pas encore terminée, dit-il, et si la Sorcière doit être vaincue avant ce soir, nous devons trouver la bataille tout de suite.

– Et y participer, j'espère ! ajouta le plus fort des centaures.

– Naturellement, répondit Aslan. Et, à présent, ceux qui ne peuvent pas nous suivre – c'est-à-dire les enfants, les nains et les petits animaux – doivent monter sur le dos de ceux qui en sont capables, c'est-à-dire les lions, les centaures, les licornes, les chevaux, les géants et les aigles. Ceux qui ont du flair doivent venir devant avec nous, les lions, pour trouver la piste qui nous mènera au champ de bataille. Hardi, les amis, et prenez vos places !

Ce qu'ils firent avec force remue-ménage et acclamations. Le plus enchanté de tous était l'autre lion, qui ne cessait de courir dans tous les sens, en affectant d'être très occupé, mais, en réalité, pour dire à toutes les personnes qu'il rencontrait :

– Avez-vous entendu ce qu'il a dit ? Nous, les lions. Cela signifie lui et moi. Nous, les lions. C'est ce que j'aime chez Aslan. Aucune prétention, aucune supériorité. Nous, les lions. Cela signifiait lui et moi.

Il continua à répéter ces phrases jusqu'au moment où Aslan lui mit sur le dos trois nains, une dryade, deux lapins et un hérisson, ce qui le calma un peu.

Quand ils furent tous prêts (c'est un grand chien de berger qui aida le plus Aslan à les mettre en ordre), ils sortirent par la brèche ouverte dans la muraille du château. En tête marchaient les lions et les chiens qui reniflaient dans toutes les directions. Et soudain, un grand chien de meute flaira la piste et donna de la voix. Il n'y eut pas de temps perdu ensuite. Bientôt tous les chiens, lions, loups et autres animaux de chasse foncèrent à toute allure, leur museau à terre, et tous les autres, éparpillés sur un kilomètre environ derrière eux, les suivirent aussi vite qu'ils le pouvaient. Le bruit ressemblait à celui d'une chasse à courre au renard, en Angleterre, mais c'était plus beau parce que, de temps en temps, aux aboiements des chiens se mêlaient le rugissement de l'autre lion, et parfois même, plus profond et beaucoup plus terrifiant, le rugissement d'Aslan. Ils allaient de plus en plus vite au fur et à mesure que la piste était plus facile à suivre. Et alors, juste au moment où ils atteignaient la dernière boucle d'une vallée étroite et sinueuse, Lucy entendit, dominant tous ces bruits, un autre bruit – très différent –, qui lui fit éprouver un sentiment très bizarre. Ce bruit était fait de clameurs, de cris perçants et du fracas du métal contre le métal.

Ils sortirent alors de la vallée étroite et elle comprit tout de suite ce qui se passait. Peter, Edmund et tout le reste de l'armée d'Aslan combattaient désespérément contre la foule des êtres horribles qu'elle avait vus la nuit précédente ; mais à présent, dans la lumière du jour, ils avaient l'air encore plus inquiétant, plus néfaste et plus difforme. Ils semblaient beaucoup plus nombreux, également. L'armée de Peter, qui lui tournait le dos, paraissait terriblement restreinte. Et il y avait des statues disséminées sur tout le champ de bataille, ce qui signifiait que la Sorcière, de toute évidence, s'était servie de sa baguette. Mais, apparemment, elle ne l'utilisait plus en ce moment. Elle combattait avec son couteau de pierre. C'est Peter qu'elle combattait – tous les deux luttaient avec une telle violence que Lucy pouvait à peine discerner ce qui arrivait ; elle voyait seulement le couteau de pierre et l'épée de son frère passer si rapidement qu'ils avaient l'air d'être trois couteaux et trois épées ! Ces deux combattants se trouvaient au centre de la mêlée. De chaque côté s'étirait la ligne des autres guerriers. Quel que soit l'endroit où elle regardait, il s'y produisait des choses horribles.

– Descendez de mon dos, les enfants ! s'écria Aslan.

Toutes deux sautèrent vivement à terre. Alors, avec un rugissement qui ébranla tout Narnia, depuis le réverbère occidental jusqu'aux rivages de la mer Orientale, le grand fauve se jeta sur la Sorcière blanche. Lucy vit son visage se lever un instant vers celui du Lion, avec une expression de terreur et d'intense stupéfaction. Puis le Lion et la Sorcière roulèrent l'un sur l'autre, mais elle avait le dessous. Au même moment, toutes les créatures belliqueuses qu'Aslan avait guidées depuis la maison de la Sorcière se précipitèrent furieusement à l'assaut des lignes ennemies : les nains avec leur hache d'armes, les chiens avec leurs dents, le géant avec sa massue (et ses pieds aussi, qui écrasèrent des douzaines d'ennemis !), les licornes avec leur corne, les centaures avec leur épée et leurs sabots. L'armée fatiguée de Peter retrouva sa vigueur et poussa des acclamations et des hourras, les nouveaux venus rugirent, les ennemis se mirent à crier et à gémir, et le bois tout entier résonna du vacarme de cette attaque.

Chapitre 17

La chasse au cerf blanc

La bataille fut terminée quelques minutes après leur arrivée. La plupart des ennemis avaient été tués lors de la première attaque, lancée par Aslan et ses compagnons ; et lorsque ceux qui étaient encore vivants apprirent que la Sorcière blanche était morte, soit ils se rendirent, soit ils prirent la fuite. Ensuite, Lucy aperçut Peter et Aslan qui se serraient la main. Cela lui fit une impression étrange de voir Peter sous son aspect actuel : son visage était tellement pâle et sévère et il avait l'air beaucoup plus âgé.

– C'est Edmund qui a tout fait, Aslan, disait Peter. Sans lui, nous aurions été battus. La Sorcière était en train de changer nos troupes en pierre, à droite et à gauche. Mais rien ne l'aurait arrêté ! Malgré trois ogres, il se fraya un chemin vers l'endroit où elle était occupée à transformer l'un de vos léopards en statue. Quand il arriva, il eut l'intelligence de donner un coup d'épée sur sa baguette, au lieu de l'attaquer directement, ce qui lui aurait valu d'être changé en statue. C'était l'erreur que tous les autres commettaient. Une fois sa baguette brisée, nous commençâmes à avoir quelque chance – si seulement nous n'avions pas subi tant de pertes auparavant. Il a été terriblement blessé. Nous devons aller le voir.

Ils trouvèrent Edmund, gardé par Mme Castor, un peu en retrait du champ de bataille. Il était couvert de sang, sa bouche était ouverte, et son visage avait une couleur verdâtre.

– Vite, Lucy, dit Aslan.

Et alors, pour la première fois, Lucy se souvint du précieux cordial qui lui avait été donné comme cadeau de Noël. Ses mains tremblaient si fort qu'elle put à peine dévisser le bouchon, mais elle y parvint enfin et versa quelques gouttes dans la bouche de son frère.

– Il y a d'autres blessés, dit Aslan, tandis qu'elle scrutait anxieusement le visage pâle d'Edmund pour voir si le cordial faisait de l'effet.

– Oui, je sais, répondit Lucy, un peu irritée. Attendez une minute !

– Fille d'Ève, dit Aslan d'une voix très grave, d'autres sont sur le point de mourir. Est-ce que davantage de gens doivent mourir pour Edmund ?

– Je suis désolée, Aslan, dit Lucy qui se leva et partit avec lui.

Et ils furent occupés pendant une demi-heure : elle soignait les blessés pendant qu'il rétablissait ceux qui avaient été changés en statue. Quand enfin elle eut la liberté de retourner voir Edmund, elle le trouva sur ses pieds, non seulement guéri de ses blessures, mais paraissant mieux qu'il ne l'avait été depuis… des siècles ; en réalité, depuis son premier trimestre dans cette horrible école, où il avait commencé à s'engager sur le mauvais chemin. Il était redevenu lui-même et pouvait vous regarder dans les yeux. Et là, sur le champ de bataille, Aslan le fit chevalier.

– Est-ce qu'il sait, chuchota Lucy à l'oreille de Susan, ce qu'Aslan a fait pour lui ? Sait-il ce qu'était véritablement l'arrangement avec la Sorcière ?

– Chut ! Non. Bien sûr que non, répondit Susan.

– Ne devrait-il pas être averti ? demanda Lucy.

– Oh ! Certainement pas, dit Susan. Ce serait trop épouvantable pour lui. Imagine comment tu te sentirais si tu étais à sa place !

– Quand même, je trouve qu'il devrait savoir ! répliqua Lucy.

Cette nuit-là, ils dormirent à l'endroit où ils se trouvaient. J'ignore comment Aslan se procura de la nourriture pour tous ; mais, sans très bien savoir comment, ils se retrouvèrent assis dans l'herbe, devant un magnifique thé complet, à huit heures du soir.

Le lendemain, ils entreprirent leur marche vers l'est, en suivant le cours de la grande rivière. Et le jour suivant, à l'heure du thé, ils atteignirent son embouchure. Dressé sur sa petite colline, le château de Cair Paravel les dominait ; devant eux, il y avait une étendue de sable, avec des rochers, des petites mares d'eau salée, des algues, l'odeur de la mer et, pendant des kilomètres, les vagues bleu-vert qui se brisaient, toujours et sans fin, sur la plage. Et puis, merveille ! le cri des mouettes ! L'avez-vous déjà entendu ? Vous en souvenez-vous ?

Après le thé, les quatre enfants trouvèrent le moyen de descendre sur la plage, d'enlever leurs chaussures et leurs chaussettes, et de sentir le sable glisser entre leurs orteils. Mais la journée suivante fut plus solennelle. Car, dans la grande salle de Cair Paravel (c'est une magnifique salle avec un toit en ivoire, le mur de l'ouest est tapissé de plumes de paon et la porte orientale regarde vers la mer), en présence de tous leurs amis et au son des trompettes, Aslan les couronna solennellement et les conduisit sur les quatre trônes, parmi les cris assourdissants de :

– Vive le roi Peter ! Vive la reine Susan ! Vive le roi Edmund ! Vive la reine Lucy !

– Celui qui est une fois roi ou reine à Narnia l'est pour toujours. Soyez-en dignes, fils d'Adam ! Soyez-en dignes, filles d'Ève ! déclara Aslan.

Et par la porte orientale, qui était grande ouverte, montèrent les voix des tritons et des sirènes, qui nageaient près du rivage et chantaient en l'honneur de leurs nouveaux rois et de leurs nouvelles reines.

Ainsi les enfants s'assirent sur leurs trônes et des sceptres leur furent remis et ils distribuèrent des récompenses et des distinctions honorifiques à tous leurs amis, à Tumnus le faune, aux castors, au géant Tonitruant, aux léopards, aux bons centaures, aux bons nains et au lion. Et cette nuit-là il y eut un grand festin à Cair Paravel, et des danses et des réjouissances et, faisant écho à la musique qui venait du château, mais plus étrange, plus mélodieuse et plus aiguë, s'éleva la musique des habitants de la mer.

Au milieu de toutes ces réjouissances, Aslan disparut en silence. Et lorsque les rois et les reines remarquèrent qu'il n'était plus là, ils ne dirent rien. Car M. Castor les avait avertis :

– Il viendra et il partira, avait-il dit. Un jour vous le verrez, et un autre jour, vous ne le verrez pas. Il n'aime pas les entraves et, bien entendu, il doit s'occuper d'autres pays. C'est très bien comme cela. Il viendra souvent. Mais vous ne devez pas le harceler. Il est sauvage, vous savez. Ce n'est pas comme un lion *apprivoisé*.

Et maintenant, comme vous voyez, cette histoire est presque terminée (mais pas complètement). Ces deux rois et ces deux reines gouvernèrent bien Narnia, et pendant longtemps, et leur règne fut heureux. D'abord, ils consacrèrent la majorité de leur temps à rechercher les fuyards de l'armée de la Sorcière blanche et à les supprimer ; et, bien entendu, l'on entendit souvent parler de créatures mauvaises qui se terraient dans les parties les plus sauvages de la forêt – l'apparition d'un spectre ici, un meurtre là, le passage d'un loup-garou, un mois, et d'une vieille carabosse, le mois suivant. Mais finalement toute cette immonde canaille fut écrasée. Et ils firent des lois justes, ils maintinrent la paix, ils empêchèrent les bons arbres d'être coupés sans nécessité, ils permirent aux jeunes nains et aux jeunes satyres de ne pas aller en classe, ils s'opposèrent généralement aux fâcheux et aux importuns et ils encouragèrent les gens simples, qui voulaient vivre sans histoire. Ils repoussèrent les géants sauvages (tout à fait différents du géant Tonitruant) vers le nord de Narnia quand ceux-ci osèrent traverser la frontière. Ils firent amitié et conclurent une alliance avec les pays situés au-delà de la mer ; ils leur firent des visites officielles et ils les reçurent en visite officielle. Eux-mêmes grandirent et changèrent au fur et à mesure que les années passaient. Peter devint un homme grand, vigoureux, et un valeureux guerrier, et on l'appela le roi Peter le Magnifique. Susan se transforma en une jeune femme gracieuse et élancée, avec une chevelure noire qui lui tombait presque jusqu'aux pieds, et les rois des pays situés au-delà de la mer commencèrent à envoyer des ambassadeurs pour la demander en mariage. Et on l'appela la reine Susan la Douce. Edmund était un homme plus grave et plus silencieux que Peter ; il était imposant au conseil et sage pour rendre la justice. On l'appela le roi Edmund le Juste. Quant à Lucy, elle était toujours gaie, avec ses boucles d'or, et tous les princes avoisinants souhaitaient qu'elle soit leur reine, et son peuple l'appelait la reine Lucy la Vaillante.

Ainsi ils vivaient dans la joie et, s'il leur arrivait de se souvenir de leur vie dans ce monde, c'était uniquement comme lorsque l'on se souvient d'un rêve. Et une année il advint que Tumnus (qui était un faune d'un certain âge à présent, et qui commençait à prendre de l'embonpoint) descendit la rivière et vint leur annoncer que le cerf blanc était apparu une nouvelle fois dans sa région – le cerf blanc qui exauçait les souhaits quand on l'attrapait. Alors ces deux rois et ces deux reines, en compagnie des principaux membres de leur cour, partirent à cheval, avec des trompes et des chiens, dans les bois de l'Ouest, pour suivre le cerf blanc. Ils n'avaient pas chevauché longtemps que, bientôt, ils l'aperçurent. Il les mena à vive allure par des terrains tour à tour accidentés ou, au contraire, très plats, à travers des bosquets touffus ou clairsemés ; à la fin les chevaux de tous les courtisans furent exténués et seuls les quatre rois et reines le suivirent. Et ils virent le cerf entrer dans un fourré où leurs chevaux ne purent pas s'engager. Alors le roi Peter dit (ils parlaient d'une manière complètement différente maintenant, puisqu'ils étaient rois et reines depuis si longtemps) :

— Nobles compagnons, descendons de cheval et suivons cet animal dans le fourré ; car de toute ma vie je n'ai jamais chassé un gibier plus noble.

— Sire, dirent les autres, nous ferons de même.

Ils mirent donc pied à terre, attachèrent leurs chevaux aux arbres et pénétrèrent à pied dans l'épais bosquet. Et dès qu'ils y furent entrés, la reine Susan s'écria :

— Nobles amis, voici un grand prodige : il me semble que je vois un arbre de fer !

— Madame, répondit le roi Edmund, si vous regardez attentivement, vous verrez que c'est une colonne de fer, surmontée d'une lanterne.

— Par la Crinière du Lion, dit le roi Peter, quel étrange dispositif ! Installer une lanterne là où les arbres s'entremêlent si étroitement autour et au-dessus d'elle que, même si elle était allumée, elle ne donnerait de lumière à personne !

— Sire, remarqua la reine Lucy, selon toute vraisemblance, lorsque ce pilier et cette lampe furent installés ici, les arbres étaient plus petits, ou moins nombreux, ou peut-être même n'y en avait-il pas. Car ce bois est jeune, et ce pilier est vieux.

Ils continuèrent à le regarder. Puis le roi Edmund dit :

— Je ne sais pas pourquoi, mais cette lampe sur le pilier me bouleverse étrangement. J'ai la curieuse impression de l'avoir déjà vue ; peut-être dans un rêve, ou dans le rêve d'un rêve...

— Sire, répondirent-ils tous ensemble, nous éprouvons le même sentiment.

— Un sentiment plus puissant encore, précisa la reine Lucy, car je ne peux chasser de mon esprit l'idée que, si nous allons au-delà de ce pilier et de cette lanterne, nous rencontrerons d'étranges aventures ou alors quelque bouleversement de nos fortunes.

— Madame, dit le roi Edmund, une inquiétude semblable étreint mon cœur.

— Et le mien aussi, noble frère, dit le roi Peter.

— Et le mien également, renchérit la reine Susan. C'est pourquoi je conseille que nous retournions vivement près de nos chevaux et que nous abandonnions la poursuite du cerf blanc.

— Madame, rétorqua le roi Peter, veuillez, je vous prie, m'excuser. Jamais, depuis que nous sommes tous les quatre rois et reines à Narnia, nous n'avons abandonné une noble action, une fois que nous l'avions entreprise, que ce soit des batailles, des quêtes, des faits d'armes, des actes de justice ou autres ; au contraire, nous avons toujours achevé ce que nous avions commencé.

— Ma sœur, observa la reine Lucy, mon royal frère dit vrai. Et il me semble que nous devrions être couverts de honte si, pour quelque crainte ou prémonition, nous renoncions à suivre un gibier si noble, maintenant que nous l'avons couru.

— C'est également mon opinion, dit le roi Edmund. Et je désire tellement trouver la signification de cette énigme que je ne voudrais pas m'en retourner, même si l'on m'offrait le joyau le plus précieux de tout Narnia et de toutes les îles.

— Alors, par le nom d'Aslan, répondit la reine Susan, si tel est notre devoir, qu'il en soit ainsi, et acceptons l'aventure qui nous attend !

Ainsi ces rois et ces reines entrèrent dans le fourré et, avant qu'ils n'y aient fait quelques pas, ils se rappelèrent tous que la chose qu'ils avaient vue s'appelait un réverbère ; et avant qu'ils n'aient fait vingt pas de plus, ils remarquèrent qu'ils se frayaient un passage non pas à travers des branches mais à travers des manteaux. L'instant suivant, ils jaillirent tous par la porte de l'armoire dans la pièce vide, et ils n'étaient plus rois et reines dans leurs atours de chasse, mais simplement Peter, Susan, Edmund et Lucy dans leurs vieux habits. C'était exactement le jour, c'était exactement l'heure à laquelle ils étaient tous entrés dans l'armoire pour se cacher. Mme Macready et les visiteurs parlaient encore dans le couloir ; mais heureusement, ils n'entrèrent pas dans la pièce vide et ainsi les enfants ne furent pas pris.

Et cela aurait été vraiment la fin de l'histoire s'ils n'avaient ressenti l'obligation d'expliquer au professeur pourquoi quatre manteaux manquaient dans son armoire. Et le professeur, qui était un homme remarquable, ne leur dit pas : « Ne soyez pas sots ! Ne racontez pas de mensonges ! » mais au contraire il crut toute l'histoire.

— Et, dit-il, je ne pense pas que ce soit une bonne idée de repasser par l'armoire pour aller chercher les manteaux. Vous ne rentrerez plus à Narnia par cette route. Et si vous le faisiez, les manteaux ne serviraient plus à grand-chose maintenant ! Eh ! Que dites-vous ? Oui, bien sûr, vous retournerez à Narnia un jour. Celui qui est une fois roi à Narnia l'est pour toujours. Mais n'essayez pas d'utiliser la même route deux fois. En fait, n'essayez pas du tout d'y entrer. Cela arrivera quand vous ne le chercherez pas. Et n'en parlez pas trop, même entre vous. Et n'en faites mention à quiconque, à moins que vous ne découvriez qu'il a eu lui-même des aventures semblables. Qu'est-ce encore ? Comment le saurez-vous ? Oh ! Vous le *saurez* très bien. Des paroles bizarres, et même ses regards, laisseront échapper le secret. Soyez attentifs. Dieu me bénisse, que leur enseignent-ils dans ces écoles ?

Et voici vraiment la fin des aventures de l'armoire. Mais si le professeur a raison, ce n'est que le début des aventures de Narnia…

Les Chroniques de Narnia

1. Le Neveu du magicien
2. L'Armoire magique
3. Le Cheval et son écuyer
4. Le Prince Caspian
5. L'Odyssée du Passeur d'Aurore
6. Le Fauteuil d'argent
7. La Dernière Bataille

Loi n° 49-956
du 16 juillet 1949
sur les publications
destinées à la jeunesse
ISBN 2-07-055600-X
Numéro d'édition : 123936
Dépôt légal : septembre 2003
Imprimé et relié en Chine par Imago

NARNIA

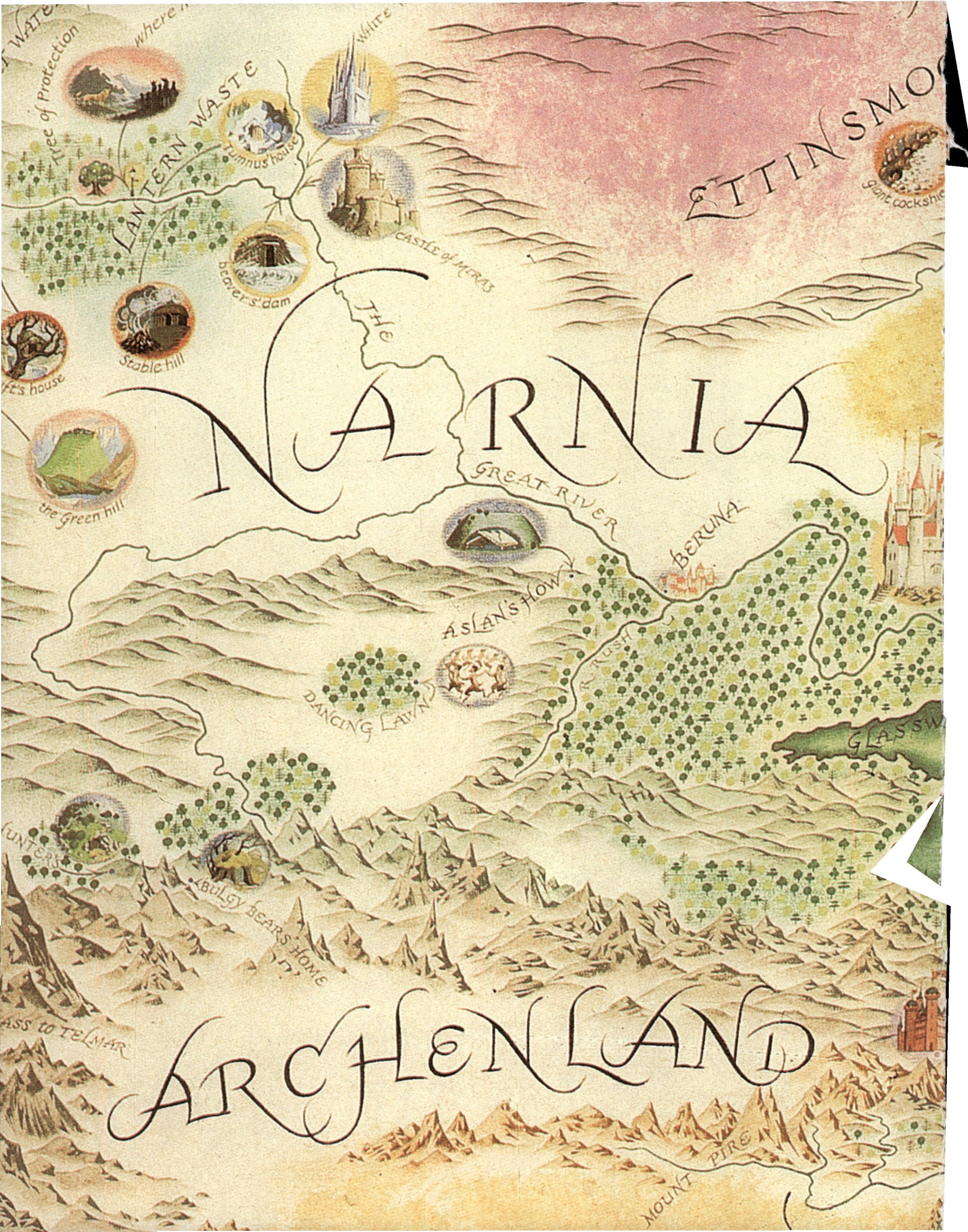

ARCHENLAND

Labels visible on map:
- Tree of Protection
- Lantern Waste
- Tumnus' house
- White (Witch's castle)
- Castle of Miraz
- Beavers' dam
- Ettinsmoor
- giant cockshies
- Stable Hill
- the Green Hill
- The Great River
- Beruna
- Aslan's How
- Dancing Lawn
- R. Rush
- Glasswater
- Bulgy Bears' home
- Pass to Telmar
- Mount Pire